鎮家之寶

4

完

風文創 605

皓月 著

目錄

第九十章 …… 005
第九十一章 …… 015
第九十二章 …… 027
第九十三章 …… 037
第九十四章 …… 047
第九十五章 …… 055
第九十六章 …… 063
第九十七章 …… 071
第九十八章 …… 081
第九十九章 …… 091
第一百章 …… 101
第一百零一章 …… 111
第一百零二章 …… 121
第一百零三章 …… 133
第一百零四章 …… 143
第一百零五章 …… 151
第一百零六章 …… 161
第一百零七章 …… 171
第一百零八章 …… 181
第一百零九章 …… 191
第一百一十章 …… 199
第一百一十一章 …… 207
第一百一十二章 …… 215
第一百一十三章 …… 223
第一百一十四章 …… 231
第一百一十五章 …… 239
第一百一十六章 …… 249
第一百一十七章 …… 257
第一百一十八章 …… 265
尾聲 …… 275

第九十章

老太太道：「那個奶娘起初不肯說，最後我許諾她一些條件後，她才跟我說了實話。她的那個外甥女，也就是妳看到的那個跟殺手交易的女人說溜了嘴，說是二老太太找她辦事，妳說妳二奶奶找那個女的能做啥？不用腦袋想我也能猜出來。戚氏就為了能掌握曹家的大權，什麼都不顧了，別說是親情，連臉面都不要，好在我還有妳這麼一個孫女相幫，要不然妳奶奶我早就在黃泉路上等著她了。」

水瑤最想知道老太太以後有什麼打算，至於這個奶奶為什麼能躲過大家的追查，恐怕是託她這個四叔的福，細節她就不問了，反正跟她也沒多大關係。

「唉，曹家走到今天這一步，已經什麼都不剩了，還好人都還活著。我雖然不知道妳爹他們手裡有多少銀子，但大概也能猜出來，過不了多久，他們就該發愁吃飯的問題，所以我和妳四叔琢磨著先把生意做起來，如此至少能保證大家衣食無憂。」老太太嘆口氣道。

「至於那個宋靜雯，她就是想把曹家這潭水給攪渾，至於目的何在，暫時還不清楚，恐怕也是跟傳家寶有關係，又或者是跟我之前的恩怨有關。我估摸妳爺爺十有八九是把傳家寶的事告訴這個賤人了，這裡面的事情恐怕只有他自己明白，總之宋靜雯和曹雲軒這兩人肯定得找到。」

水瑤其實挺佩服老太太這份智慧，這麼大的年紀，腦袋竟然還這麼靈活，連她都自嘆不如。

「爺爺他們分家了，您知道吧？」水瑤問。

老太太點點頭。「知道，其實正如妳說的那樣，妳叔叔、伯伯他們是該吃些苦頭了，只要不死，就讓他們在罪人村待著。」

其實水瑤更想知道老太太對二房持什麼態度，畢竟戚氏曾經害過她。而水瑤也把這疑問問出口了。

老太太嘆口氣。「戚氏作孽，我總不能把仇都算到二房的頭上，每個人都有自己的小算盤，我也不會跟他們過不去。」

水瑤聽完，差點都要朝老太太伸出大拇指了。老太太的心胸真夠寬大，雖然沒對她造成什麼實質性的傷害，可畢竟戚氏曾找過殺手想要殺了她，光衝著這一點，她都做不到老太太這樣的胸襟。

不過這是老太太自己的事，當事人都不追究，她身為一個旁觀者，就更沒權力質疑了。

「水瑤，妳娘他們還好嗎？」老太太問。

「和目前的曹家相比，我娘他們現在的處境算是挺好的，只要有我在的一天，我就不會讓人欺負他們。」水瑤道。

老太太面色有些尷尬，風水輪流轉，她作夢都沒想到會有這一天。「都是我對不起你們娘幾個，當初我要是沒插手，恐怕妳娘也不用遭受這些。」

水瑤笑笑。「幸虧他們兩個和離了，要不然我娘也難逃此劫。好了，咱們不提這事了，我這次回去就是想跟我爹他們說一聲，那些殺手恐怕不會放過曹家，而且我懷疑曹雲軒就是那些殺手的頭兒。」

她也順帶把沈姨娘和齊淑玉以及夏荷的事說了一下。

老太太雖然被這一連串消息炸得有些懵，可不愧是經歷過大風大浪的人，神色很快就鎮定下來。

唯獨曹雲逸這個年輕人，被這些消息嚇了一跳，其中最讓他訝異的，還是曹雲軒的事。

「妳說老五是那個殺手組織裡的頭兒？怎麼可能？曹家不缺他吃喝，他怎麼會幹這種勾當？再說他自己就是曹家人，怎麼會對自己人下手，這、這太不可思議了，他自己也沒好處啊？」

老太太冷笑了一聲。「有那個宋靜雯在，就算是好孩子也給教壞了。」

水瑤看了他們一眼，又扔出一個炸彈。「或許……我是說或許，這個曹雲軒本來就不是曹家的種呢？」

這下不僅是曹雲逸，連老太太都瞪大眼睛，立即陷入了沈思。

等想明白是怎麼回事後，老太太氣得咬牙切齒。這些年來，那老鬼對那個狐狸精疼愛有加，一點委屈都不讓她受，沒想到這個賤人竟是這樣的人，老鬼成了活王八。

「呵呵，曹振邦啊曹振邦，想不到你聰明一時，卻糊塗一世，自以為撿到了個絕世美人，誰知這是招禍上門哪！」

老太太氣啊，這麼多年她忍氣吞聲，竟是換來這麼一個笑話，連她自己都氣得想笑出來。

曹雲逸緊張地看著老太太，臉上的擔憂之色顯而易見。「娘，別這樣，想哭就哭吧，話又說回來，這也只是猜測，不是還沒得到證實嗎？」

老太太長嘆一口氣，擦擦眼中笑出來的淚花。「這還用證實啊？以前我不是沒懷疑過，畢竟這個老五跟你們長得都不像，當初我還問你爹，你知道你爹這老鬼說什麼？竟然說這長相是隨了三姨娘了！現在想想還真覺得可笑，不是曹家的種，怎麼可能像你爹呢？」

老太太這麼一說，曹雲逸當然能聽明白，以前他對老五是羨慕又妒忌，同樣是庶子，可老五過得比嫡子都要舒服自在，如今老爺子捧在手裡視如珠寶的兒子，說不定是別人的種，他也想看看老爺子聽到這個消息後會是什麼反應。

「當初我外祖父他們就懷疑我姨娘的死跟三姨娘有關係，畢竟當年我姨娘跟三姨娘的丫鬟感情不錯，可是他們沒證據，如今看來，恐怕真的就是她下的手，沒有我娘，爹就會獨寵她一個人！」

水瑤點點頭。「這帳以後再找三姨娘算吧，咱們也別管他是誰的種，現在先討論曹雲軒這個人。如果我的判斷正確，傳家寶應該就在他手裡，奶奶，您懂我的意思吧？」

老太太默然的點點頭。她怎麼可能不懂，曹雲軒手裡拿的是假的，那真的還在老二手裡，也不知道這孩子有沒有帶出來？

「丫頭，陪我去建業縣走一趟吧，這事我和妳四叔出面都不適合，但又不能讓其他人去通知，這事還是來跑一趟比較好，讓曹家其他人都有些準備。」

老太太看著水瑤。「妳也知道我們目前的情況，妳四叔還在通緝中，我的那些丫鬟和婆子都沒帶出來，本來這次想買回去的，可官府那邊並沒有發賣，所以我只能先回來。」

曹雲逸最終還是忍不住開口了。「娘，咱們曹家有翻身的可能嗎？這明顯就是老五和三姨娘陷害的，咱們沒做壞事，皇上得講道理啊！」

水瑤和老太太同時苦笑了一聲。

老太太道：「咱們跟誰說理去？誰又能聽咱們說理？現在我是死人，你是逃犯，難啊！」

水瑤找到了曹雲傑，把這事跟他說了。

曹雲傑得知這個消息，當場傻在原地。「怎麼會這樣？老五怎麼會這麼做？」

水瑤說出她之前的判斷。「二伯，之後該怎麼做，你們自己看著辦，我就是過來通知你們一聲。」

曹雲傑手捧著腦袋蹲到地上。「天啊……這都什麼事啊！」

老五不是他弟弟，還可能是仇人，曹雲傑覺得自己都有些承受不了，萬一老爺子知道這個消息，非氣出病不可，尤其是三姨娘竟然還活著……

想到當初老爺子的眼淚，他都覺得是一場笑話。

要不是老太太不讓她說出他們的下落和行蹤，水瑤都想跟二伯說老太太其實還活著的消息。在這種環境下，有一個盼頭和期望，生活也許會好過一點。

「雲傑，我怎麼聽說水瑤來了？」這時外面響起曹振坤的聲音。

水瑤趕緊起身迎了出去，對這個叔爺爺，水瑤還挺佩服，雖然跟他們來往不多，可只有他在關鍵時候最像個男人。

水瑤笑道：「您老怎麼樣，還適應嗎？」

話音剛落，外面就傳來一陣打罵聲，曹振坤老臉一紅，立刻道：「挺好的。丫頭，中午到我們家吃飯吧，好料沒有，吃個飽飯還夠的，妳說妳這來來回回沒少破費，不來吃飯，我這老臉可都沒地方放了。」

水瑤笑了。「您客氣什麼？對了，我剛才聽到那些罵聲，家裡那頭沒啥事吧？您不用回去看看嗎？」

曹振坤嘆了口氣。「每天都這樣，習慣就好了，這些老娘們沒事就愛吵，甭理她們！」

曹雲傑走了出來。「三叔，您還是回去看看吧！天天這麼吵也不是辦法，怎麼說都是一家人，和和氣氣比什麼都強。」

曹振坤長嘆一口氣。「你以為我願意啊，你三嬸自從來這裡後，一天到晚唧唧歪歪，我能理解她心裡不得勁，可大家不都是這樣嘛？她還當自己是在曹家呢，啥事都不動手，全都是我那幾個妾在做，也幸虧有她們，要不然這個家估計都該餓死了。

「我說句實話，也不怕你們做晚輩的笑話，分家後我們能支撐起來，還是靠著那幾個她看不上的女人藏的那點錢過日子，當初還對人家不好，現在看看家裡內外，都指望著這幾個女人了，可你三嬸還天天打那幾個女人的主意，想方設法要把她們賣掉換錢，這事我不同意，她就天天找藉口發火。唉！那幾個女人也是命苦的，之所以會跟著我，也是因為我幫了她們，誰想到如今會是這樣的結果，說起來還是我害了她們。」

曹振坤頓了頓，繼續道：「之前我還跟她們說，如果能走的話，就讓她們再找人嫁了，畢竟現在我也養不起她們，反正她們手裡還有點銀子，就趁這個機會趕緊離開，可她們都不答應……」

水瑤還是首次聽到曹振坤跟那些女人的故事，她第一次感覺女人多也未必都是壞事。話說她這個三爺爺真是好命，那些女人不僅死心塌地的跟著這個男人，還把之前夾帶的私房錢都拿出來，看樣子目前都是她們在照顧家裡。

想到這裡，她朝曹振坤一抱拳。「能做到這一點的人可不多，不管是您還是您的姨娘，水瑤佩服！」

曹振坤笑著拍拍水瑤的肩膀。「丫頭，妳故意笑話妳三爺爺是不是？對了，妳怎麼又回來了，不是說要回去了嗎？」

不用水瑤解釋，曹雲傑對這個三叔也沒什麼好隱瞞的，便把水瑤說的情況跟曹振坤說了一遍。

「啥？你說是曹雲軒那個混賬東西在背後搞鬼？我就知道這王八羔子沒安好心，上次的事我就納悶呢，沒承想真的是他！要說他不是曹家的種，我還真的相信，不過你爹估計該發火了，宋靜雯那個娘們可騙了你爹大半輩子，到最後還在他背後捅了這麼一刀。」

曹雲傑也頭疼。「可不是嘛，這事我實在沒敢跟爹說。三叔，要不您去跟他說得了？」

曹振坤揹著手，瞪了姪子一眼。「這有啥不敢說的，你就一五一十的跟他講！這個老糊塗蟲估計這會兒還在思念那個老妖精呢！」

還有一句話他沒說，雖然他身邊的妾多，可也比曹振邦這個大哥強。他風流卻不下流，他大哥倒好，為了那個宋靜雯，幾乎付出他所有的愛，對大嫂這個髮妻卻不怎麼樣，別說他看不過去，想必大嫂自己心裡都明白，要不然也不會在大冷天跑到江上釣什麼魚，那不是心灰意冷是啥？

曹雲傑苦笑一聲，也不知道該說什麼好。「三叔，還是您去吧，我爹不敢對您怎麼樣，我去的話，恐怕他會懷疑我故意糟蹋宋靜雯這娘們。其實說心裡話，我都快恨死她了，把我爹迷成那樣，還害得咱們差點家破人亡。」

曹振坤嘆口氣。「得，我走一趟吧！丫頭，要不妳跟我去？」

水瑤擺擺手。「我就不摻和了，而且我也摻和不明白，您懂的。」

曹振坤怎麼可能不明白水瑤的意思，這孩子雖說是曹家的孩子，可曹家在他們娘幾個身上，真的沒付出過什麼。

「行，不去就不去吧。好了，我找妳爺爺去。」

水瑤臨走前，去曹雲鵬的屋子看了一眼，家裡沒人，原來是老爺子帶著他和二房的兒子去開墾荒地了。

水瑤沒過去看，這些人平時養尊處優慣了，說是開荒，其實也只是鍛鍊身體。

這一次離開，水瑤並沒有去跟老太太打招呼。能做的她都已經做了，至於曹家人以後會是什麼樣子，她也不清楚。

半路上，她就遇到過來找她的江子俊。

「太好了，我還擔心跟妳錯過了呢！妳娘他們聽說曹家出事了，妳也一直沒露面，很是擔心，我爹他們便捎信來讓我帶妳過去看看他們。」

第九十一章

洛千雪他們現在住的地方是一個隱秘的山谷，要進山只有唯一一條路，而且這周圍也做好警戒，一般人根本找不到這裡。

江子俊看水瑤四處打量，邊走邊跟她介紹。

「怎麼樣，看著是不是放心多了？這地方比咱們那邊要安全。對了，馬鵬也在這裡，正好徐倩也可以跟他見面了。」

接著他像是想到什麼，笑道：「臨走的時候徐五跟我提了一嘴，咱們是不是該給他們辦婚事了？」

說起這事，水瑤當然極力贊同。「行啊，趕緊辦，不如先在山裡辦，回去再請弟兄們吃一頓，怎麼樣？」

徐倩看兩人就這麼決定她和馬鵬的婚事，不由得在一旁著急。「小姐，我什麼都沒準備呢，拿什麼成親呀？」

看徐倩那著急加羞怯的表情，路霆楓先笑了。「丫頭，急什麼，這東西還難準備啊？等著，我這就讓人去採買。」

水瑤跟江子俊他們進到山裡，才發現裡面住的人還不少。

江子俊介紹道：「以前我爺爺跟他們的頭領做過生意，因此跟這些人關係不錯，後來我們家就在這裡蓋了些房子，方便過來玩時好歇腳，只是沒想到竟然成為我爹娘的休養之地。這地方好，清靜也沒人打擾。」

水瑤連連點頭。「而且安全。你爺爺挺有眼光的，我都想在這裡長住了，也不用管外面那些糟心的事情。」

在山上採野菜的雲崢和雲綺看到入口來了人，兩個小傢伙好奇的朝這邊張望著，看到水瑤的身影，兄妹兩個啥都不顧了，邊喊邊朝水瑤衝了過來。

「姊、姊——」

看到弟弟、妹妹那喜出望外的樣子，水瑤也邊跑邊張開雙臂，抱住了衝上前來的兩個人。

雲崢是男孩子還好一些，雲綺直接趴在水瑤的肩頭哭了起來。

「姊，妳怎麼都不過來看我們呢？我都想死妳了，娘也想妳，舅舅也想妳，我們都擔心妳，睡覺都能夢到妳呢！」

水瑤邊拍著妹妹的後背邊解釋道：「外面有事耽誤了，就一直沒過來看你們，我也怕壞人跟蹤過來，如今壞人被我們打跑了，姊姊不就立刻過來看你們了？」

雲崢的眼睛閃亮亮的，尤其聽到壞人被打跑了，小傢伙格外的興奮，拉著水瑤的手追問道：「姊，那些害舅舅的人都打跑了？」

水瑤笑呵呵的點頭。「是，不僅打跑了，還消滅了不少呢！那些欺負我和你的人，姊姊都報仇了，不過還跑了幾個，這些人暫時先留著，等咱們想到辦法了，再去消滅他們。」

雲崢有些發愁的看著自己的五短身材，噘著小嘴，很不滿的抱怨道：「姊，我什麼時候才能長大？我想跟妳一起去打壞蛋。」

水瑤摸摸雲崢的小腦袋。「別擔心，等姊姊抓到壞蛋，一定讓你也教訓他們。娘和舅舅怎麼樣了？」

還沒等雲崢回答，剛才還在哭泣的小丫頭看到水瑤身後的江子俊，仰著小臉打招呼。「子俊哥哥好，你以後是不是就是我們的姊夫了？」

小丫頭一句話差點沒把水瑤嚇到暈倒，她拉出懷裡的妹妹，佯裝生氣道：「雲綺，別亂說，他是子俊哥哥，不是什麼姊夫，妳要是再敢胡說，姊姊可不理妳了。」

小丫頭有些委屈，一臉較真的表情。「姊，我才沒胡說呢，是伯母和伯伯說的，我都聽到了。」

江子俊在身後給雲綺一個讚許的眼神。「雲綺，我給妳帶禮物來了，回頭你們去拿。水瑤，妳也別怪雲綺，這事說來話長，是妳舅舅和我爹兩個人有了約定。」

看水瑤一臉懷疑的表情，江子俊趕緊解釋。「妳別不信，妳可以去問問妳舅舅，他們兩個人在地牢裡就給咱們兩個訂了婚事，怎麼，妳不同意？」

起初水瑤是被這個消息給嚇到了，再看江子俊那小心翼翼的樣子，不由得笑了。

其實之前她一直沒想過成親嫁人的事情，可她也沒打算這輩子就這麼孤孤單單的過，好不容易重活一回，她得好好的選個好男人嫁。

江子俊是她第一個夥伴，也是她目前見過最帥氣的男孩子，雖然沒考慮過這事，可如果這人是江子俊，她心裡應該不會排斥吧？

水瑤不是一般小女孩，被人拿婚姻大事打趣會覺得害羞，她內心可是一個成熟的女人，雖然之前沒考慮過兩人的可能性，可冷不丁聽到這事，她也不覺得反感，相反的也在考慮兩人合不合適。

江子俊看水瑤愣神，心頓時沈了下去，沒人知道他有多緊張。

之前他只在心裡偷偷的想，可他不敢跟水瑤說，就怕把這個小姑娘嚇跑了。

當初父母跟他提起這事時，沒人知道他心裡有多開心，差點都要抱住他爹親一口，但現在看到水瑤的反應，他不禁擔心，害怕水瑤會拒絕還有以後的冷淡。

他聲音有些發澀，乾巴巴的問道：「水瑤，妳不樂意？」

水瑤轉頭看著江子俊，粲然一笑，差點沒把江子俊晃花了眼。他一直都知道水瑤是個漂亮的女孩子，可這丫頭平時很少這樣笑，她這一笑，讓他心裡更加沒底了。

看江子俊那模樣，水瑤更覺得好笑了，不過她也不忍心繼續逗這傢伙。「既然伯父和我舅舅都定下了，那咱們就試試看吧！不過我可是有條件的，第一，不能納妾，不管貧窮還是富有，我的夫君必須只有我一個媳婦，以後有什麼事也不能瞞著我，咱們得有商有量的來。

還有，得一直對我好，這些你能做到嗎？」

江子俊沒猶豫，一口就答應了。「放心，我們家沒有納妾的規矩。我不對妳好，妳說我能對誰好？且咱們兩個自從認識以來，都是商量著辦事，以後我肯定不會瞞妳的。」

他擔心自己回答慢了，讓水瑤打退堂鼓，別看小丫頭有衝勁，可面對感情的事卻很害羞，不能說她情竇未開，只是覺得水瑤看待任何事情都挺理智的，他怕一旦這丫頭對感情也是如此，那他們兩人的事情可還有得磨，所以現在還是打鐵趁熱的好。

水瑤一聳肩。「別答應那麼快，若以後做不到，咱們兩個只能算是朋友了，你要考慮清楚。」

江子俊伸出雙指，朝天發誓。「放心，我這個人別的毛病沒有，一旦答應的事情，就一定會做到。等著吧，以後嫁給我不會有遺憾，嘿嘿，這樣滿意了吧？」

水瑤眼光一轉，臉上浮現一抹羞澀。這一世，她希望江子俊別讓她失望。

「好了，快帶路吧！」為了掩飾害羞，她趕緊道。

雲綺看著江子俊，做了個鬼臉。「姊夫——這回我可以叫了吧？回去你得給我糖吃，答應的禮物也不能少了。」

雲崢則揹著小手，上下打量著江子俊，眉頭緊皺，表情嚴肅。「別看我姊暫時答應了，你要是對不起我姊，這事我也不能同意。在我心裡，我姊是最好看的人，以後你可得好好努力，才能配得上我姊。」

對這兩個小蘿蔔頭，江子俊也是愛屋及烏，他摸摸雲崢的小腦袋，心想難怪水瑤這麼喜歡摸弟弟的頭，這手感真是不錯。

他直視著雲崢，笑咪咪的說道：「你放心，以後我肯定不會給你這個機會的，我會讓你們家人滿意。走吧，帶我們去看你舅舅他們。」

雲崢和雲綺牽著小手一起在前面跑，根本就不管山上跟他們一起挖野菜的小夥伴們的招呼聲。

江子俊朝山上的孩子們揮揮手。「一會兒到我家去，我給你們好東西吃！」

山上的孩子們頓時歡呼起來，水瑤卻在心裡暗嘆了口氣。這地方好是好，可生活條件卻好不到哪裡去，單看小孩子們的穿著就可見一斑。

「子俊哥，沒事在這裡多存些糧食吧，我看這裡到處都是山，耕地卻是有限的，一旦發生什麼事，咱們手裡也有糧，心不慌。」

她這話剛說出口，江子俊心裡就打了個突。

他了解水瑤，如果風平浪靜，這丫頭是不會說出這樣的話，他想起當初，之所以能掙那麼多的銀子，也是因為糧食。

他一臉嚴肅的看向水瑤。「妳的意思是說，以後還會有事情發生？」

水瑤被江子俊這敏感的問話給弄愣，隨後才想到他為什麼會有這種反應。

她嘆口氣。「我不清楚，但有準備總比沒準備強，不說別的，咱們就說這個八王爺，他半路悄悄回來，跟曹雲軒一個通緝犯見面，你說這人會是好人嗎？我總覺得他懷有異心，一旦他要造反，糧價就會上漲，所謂兩軍交戰，打的不僅是人，也是糧草，可惜這個時間咱們不好推斷，你自己掂量著辦吧！」

聽完理由，江子俊點點頭，並沒有再繼續追問下去，估計就算問再多，水瑤也還是說不出，不如現在就開始注意這方面的消息。

聽到水瑤來了，洛玉璋和洛千雪早就迎了出來。

「娘、舅舅！」

看到這兩人的身影，水瑤立刻就變成小女孩兒，張著雙臂撲到洛千雪懷裡。娘倆也是好久沒見了，水瑤在洛千雪的懷裡撒嬌了好久才離開。

「妳這丫頭，膽子可真夠大的。」洛千雪一邊數落孩子，一邊拍了水瑤後背一巴掌。「以後妳可不能再這麼嚇娘，聽說曹家出事了，我的心嚇得都差點要蹦出來，妳的膽子怎就這麼大，還跑回去了，萬一那個王爺不按常理出牌，妳不就跟著倒楣啊？」

雖然她的男人還在曹家，可這些跟孩子的安危比起來都不重要，只有這三個孩子才完全屬於她自己，才是她最珍視的。

即便挨打了，水瑤還是愛嬌地靠在洛千雪懷裡，笑嘻嘻的開口。「娘，我知道錯了，這不是安排好爹他們我就趕過來了？我都餓了，您要訓我，等我吃完飯再訓也不遲嘛！」

洛玉璋在一旁幫自家外甥女開脫。「就是，姊，妳快去做飯吧，孩子大老遠的過來，別餓壞了。」

洛千雪寵溺地點點水瑤的額頭。「妳這丫頭就會賣乖！等著，娘給你們做飯去。」

等姊姊走了之後，洛玉璋才拉著自家外甥女仔細詢問起外面的情況，雖然江子俊他們固定會傳消息回來，可內容都挺簡短的，他想知道得更詳細。

水瑤一邊說，他一邊聽，時不時的插上兩句。如今的洛玉璋已不是當初剛救出來時那副模樣，雖然還沒恢復到以前的狀態，但現在也好看啊！在水瑤的眼裡，自家舅舅一直就有著一副好相貌，畢竟娘親長得如花似玉，舅舅自然也不會差。

「丫頭，你們也不用太費力去找他們，這些人早晚都會出來。至於其他的事，妳改變不了，也不用操心，船到橋頭自然直，我不能說曹家咎由自取，但他們也該吃點苦頭。」

其實洛玉璋更恨不得曹家人都死了算了，那麼富有的人家，竟然這麼對待他姊姊和外甥女，尤其是曹雲鵬，他最恨這個男人的始亂終棄。

「妳爹的事情就別跟妳娘說了，反而讓她擔心，妳娘現在的生活挺好的。」

「再看看吧！該說的還是得說不是？」水瑤嘆口氣，看著洛玉璋。「舅舅，你是不是不想讓我娘再回曹家？」

洛玉璋搖搖頭。「不想。如果妳爹能改變的話再說，都說寧拆十座廟，不毀一樁婚，可是妳爹已經不是當年的曹雲鵬，這世上也不只曹雲鵬一個男人，就憑妳娘這模樣，什麼樣的人找不到？他們曹家的祖宗燒了高香，得了妳娘這麼一個賢良淑德的媳婦，不僅不珍惜，還

著小嘴不樂意了。

「姊，爹身邊都沒女人了，那為什麼不過來接娘啊？咱娘不是能繼續當爹的夫人了嗎？」

第九十二章

這個問題水瑤還真不好回答，曹雲鵬暫時是沒有其他女人，可因為之前的背叛，也不知道娘願不願意繼續跟這個男人過日子，且舅舅肯定不會輕易答應娘回到爹的身邊，因此這問題還是未知數。

她將妹妹抱來自己懷裡，下巴靠在她的頭上。「雲綺，爹和娘的事情，咱們一時半會兒也弄不清楚，不過即便他們不住在一起了，爹還是咱們的爹，娘也還是咱們的娘，就算什麼都變了，這層關係不會變。爹現在的身分跟之前不同，娘也無法過去，至於以後，那還要看他們兩個大人是什麼態度，別著急。」

水瑤雖然能理解孩子對父母的渴望，可她不希望洛千雪被這樣的情感束縛住，她娘這麼美好的一個女人，值得更好的對待，而不是跟別的女人分享那所剩無幾的愛情。

同樣是女人，她知道那是什麼感受。

雲崢哼了一聲。「雲綺，我不是跟妳說了，妳雖然想爹，可也不知道爹現在想不想咱們？妳別忘了，他身邊還有三個孩子呢！」

雲綺忽閃著漂亮的眼睛，瞬間被打擊得低下頭，她怎麼就忘了呢？

水瑤將妹妹的頭轉過來，跟她面對面。「雲綺，其實爹也想你們，不過他現在沒法過來看你們，等以後情況允許了，姊姊就帶你們去看爹。」

雲綺眼裡頓時充滿了光彩，看著水瑤，濕漉漉的眼睛帶了些希冀。「真的可以嗎？我就是想看看他過得好不好？伯母說到了那個地方，說不定連飯都吃不上呢……」

水瑤只是笑著順順雲綺的頭髮，沒再繼續解釋，而是換了個話題。「雲崢，你跟妹妹在這裡有沒有繼續練身手啊？別荒廢了啊！」

小傢伙挺起小胸脯，一臉驕傲的說道：「我們一天都沒耽誤。姊，要不妳也跟著練吧，這樣出去還能自保。」

水瑤好笑地摟過弟弟。「你們練就行，我身邊不是還有徐倩嘛！你們在這裡好好的練，以後身手強了，也沒人敢欺負你們了，尤其是雲綺，妳也得努力，姊姊和哥哥不可能跟著妳一輩子。」

雲綺仰起脖子。「姊，我現在膽子可大了，我都跟他們上山去採蘑菇和木耳，我還能抓蟲子，不過，我還是怕蛇。」說到後面，小丫頭聲音低了許多。

雲崢恨鐵不成鋼的說道：「那有什麼可怕的？都是死蛇，又沒讓妳抓活的。」

水瑤拉起雲綺的小手安慰道：「姊姊也怕啊，每個人都有天生恐懼的東西，沒事，慢慢來，我們雲綺已經很勇敢了，連姊姊都比不上呢，姊姊要跟我們雲綺學習了。雲崢也厲害，沒想到你連蛇都敢抓了？」

雲崢很自豪的挺著小胸脯。「可不是？我不僅敢抓，我還敢吃蛇肉呢！」

水瑤覺得把弟弟妹妹送到這裡真的很不錯，沒想到他們在這裡成長了這麼多，若關在大院子裡，雖然能保證他們的安全，卻隔絕了他們跟外界的接觸。欣慰的同時，她也感到開心，總算能讓他們像正常孩子一樣生活了。

水瑤去幫洛千雪做飯的同時，也把一些情況跟她說了一下。

「我的天哪，她們兩個怎麼可以這樣，這個沈姨娘也該死，竟然要殺咱們，死了好，我都恨不得咬她兩口——」

洛千雪善良歸善良，但想到雲崢的傷還有大女兒的經歷，那就是她心底的一塊疤，所以在她看來，沈姨娘就算死也不足惜，那女人跟齊淑玉都是一個德行。

不過洛千雪還是不明白宋靜雯怎麼會變成這樣，這個女人看著挺好的呀？

水瑤冷笑了一聲。「她來曹家就是帶著目的而來，只不過我那好爺爺把這個蛇蠍女人當成寶貝了。我猜那些死去的姨娘或多或少都跟她有關係，娘妳想啊，女人多了，她的地位就會受到威脅，即便她再美，時間長了不也看膩了？男人都喜歡新鮮的，所以為了不讓自己成為昨日黃花，她用那些手段就能解釋了。」

洛千雪點點頭，雖然不敢置信，但人心複雜，誰又說得準？

小翠帶著幾個丫鬟回來時，就看到水瑤站在院子裡，她立刻上前，開心地抱著水瑤轉了好幾個圈。

「妳都快把我們嚇死了！妳知不知道大家有多擔心妳，每天都唸叨妳呢！妳快跟我說說，曹家到底怎麼樣了？那個齊淑玉死了沒？」

對於小翠的問題，水瑤一個個回答，小翠聽完之後，只是嘆口氣搖搖頭，蹦出一句話。

「活該。」

水瑤笑道：「早知道這樣，我應該讓妳過去看看才對，妳也能解解氣。」

小翠一扭頭。「我才不願意看他們呢！當初妳娘那樣，曹家人當沒事人似的，所以我一點都不同情他們。小姐，妳不知道吧，我們的作坊開起來了，還僱了幾個人，現在我和妳娘也能掙錢了！」

洛千雪拍了小翠一下。「妳啊，快去吃飯吧，大家肚子都餓了，吃完再說。玉璋估計在楚家那邊吃了，咱們不用等他。」

吃飯時，小翠得知徐倩要成親了，拍著徐倩和馬鵬的肩膀好一頓調侃，把這兩人臊得滿臉通紅。

「害羞什麼？明天就要成親了！你們下午啥事都別做，都去忙自己的事情。徐倩跟著我，馬鵬你去楚家讓楚伯伯跟你說一說婚禮的細節。」洛千雪笑道。

有些事洛千雪不好跟馬鵬說，自家弟弟也沒成親，這事她只能拜託楚正鴻幫忙了。

這場婚禮的確讓小夫妻兩個終生難忘，他們雖然沒有父母和親人，可是這些不是親人的夥伴卻勝似親人。

婚禮沒有遵照傳統，而是按照山裡的規矩，新娘不用蒙上蓋頭，因此徐倩能親眼見證自己的婚禮。

酒肉等等的宴客食物都是從外面買來的，村子裡的婦人也過來一起幫忙，大夥兒熱熱鬧鬧的吃了一頓酒宴。

由於小夫妻兩個跟村子裡的人不熟，因此並沒有鬧洞房，水瑤他們對這事也不感興趣，忙活一天後，眾人各自回屋休息，至於小倆口的春宵幾度就不歸他們管了。

婚禮辦完後，洛玉璋提出要跟水瑤一起離開的要求。

「我現在身體已經養好了，我得出去做生意，總不能一直靠你們吧？況且我出去至少能幫你們一把，那個左右護法我也都認得。」

對於弟弟的請求，洛千雪最終也沒反駁，總歸弟弟不小了，況且男人都想要擁有自己的事業，這一點她能理解。

水瑤猶豫了一下，別的她不擔心，只擔心舅舅的安全。所謂「一朝被蛇咬，十年怕井繩」，她是真的害怕舅舅再遭到毒手，可一直這樣保護著，也不行。

楚正鴻過來時，就碰到他們幾個人正在討論洛玉璋的去留問題。

「得！其實我的身體也好了，也該出山了，我們大老爺們的，不能讓孩子們替我們扛起這責任，現在這事由我們大人負責接手，多一個人就多一分力量，再說我們自己的仇，我們還想自己報呢！」

這次蕭映雪也想跟過去，不過卻被楚正鴻攔下來，他了解自己媳婦的身體，這才養多久，他可不希望媳婦再次奔波，讓身體累垮了。

最後水瑤他們在眾人依依不捨的眼神中離開，尤其是雙胞胎，抱著水瑤大哭了一場，哭得最厲害的是雲崢，這兩年跟水瑤相依為命，他早就習慣有姊姊陪在身旁的日子，剛見面又要離開，小傢伙的確有些受不了。

這次馬鵬也跟他們一起走，這邊有徐五安排的人手，還有楚家的人，水瑤倒是不擔心娘親他們的安全。

楚正鴻和洛玉璋跟水瑤等人一起出山，兩個人早就商量好要共同進退，一起面對。

「唉，這個曹雲軒跑了，也不知道會躲到什麼地方，那個和尚也不知道抓到了沒？」江子俊邊走邊唸叨，一日不鏟除對手，他就一日無法放下心來。

楚正鴻拍拍兒子的肩頭。「愁啥啊，只要人還活著，咱們總有一天會找到他們的。這次出來，我正好帶著你路伯伯過去把老家那邊的事情給解決了，沒有這些殺手幫忙，那些人就更好處理，回頭咱們再會合！」

洛玉璋得知楚正鴻要回去，便說也要跟著一起前往，水瑤對這事沒有意見，就是有些疑惑。

洛玉璋怎麼可能沒看出外甥女臉上是什麼表情？他邊走邊解釋。「妳舅舅我還沒有立身的根本，我就是想跟楚家學學，人家畢竟是做生意的世家，在南方也有不小的生意，我想順便去那邊看一下有什麼掙錢的活兒適合我。妳放心，跟著妳楚伯伯，我的安全肯定沒問題。另外，我也是想看看能不能碰上那些壞蛋？要想躲，這地方肯定不適合，說不準他們又到了楚家那邊呢？」

水瑤想想也是，對方要想迅速恢復元氣，肯定會找個不容易被發現的地方，楚家在那邊生意做得大，商業繁華，各種人來來往往，說不定就非常適合他們這些人躲藏。

且她估計八王爺暫時不敢有什麼行動，畢竟這一次出來，恐怕皇上那頭也會關注這個八弟。

這一次水瑤還真的料對了，五王爺很快就將這邊的消息傳遞到京城。山谷裡那些死去的人明顯就是殺手，從他們身上搜到的東西，讓五王爺聯想到許多事，只是他不明白的是，這些人背後究竟是什麼人在主導？

「王爺，皇上那邊怎麼說？」五王爺的謀士問。

五王爺慵懶地靠在椅背上。「能怎麼說？自然是讓我繼續留在這裡調查。我就納悶了，什麼人有這麼大的本事？曹家肯定不可能，他們連自救都無法，更何況是殺人。」

謀士沈思了一會兒。「王爺，您不覺得八王爺跟這件事有某些關聯嗎？您看咱們的探子說八王爺回京城的路上根本就沒下過馬車，您覺得這正常嗎？這也不像八王爺的一貫作風，趕回京城可不是一天兩天的事，除非住店，其他時間這人都在車裡待著。我在想，這個人為什麼會有如此反常的表現？唯一的解釋就是，車子裡坐的並不是真正的八王爺，這人就是個替身，而真正的八王爺已經離開了那裡。只是八王爺到底做什麼去了？我在想是不是去找傳家寶了？又或許是去接觸那些擁有傳家寶的人？

「另外，我查了周圍近一年來的案情，聽說上一次在江面上也發現許多屍體，從對方的身上也找出了和這次一樣的牌子。」

謀士撫著下巴，繼續道：「所以我想，八王爺說不定就是那些殺手的靠山，再大膽一點的推測——八王爺或許就是他們的主子。」

五王爺皺起眉。「你懷疑老八是背後的主使者？」

謀士趕緊彎下腰道：「王爺，這也只是屬下的猜測，並無證據。」

其實五王爺心裡不是沒有猜疑，一旦這層窗紙被捅破，那所有的疑慮在這一刻似乎都得到了解釋。

此刻，五王爺的思路也變得清晰起來。「不管有沒有證據，都讓暗衛全力尋找那個曹雲軒，我總覺得抓到這個人，就能證實老八的事情。咱們最好動作快一點，老八對寶藏這麼看重，恐怕也不單單是為了財寶，我擔心他會釀成大錯，到時候受苦的人可就多了。」

八弟若想造反，那他最好趕緊把這火苗給掐滅，否則真讓他成了事，天下大亂不說，周圍各國恐怕都會跑來分一杯羹。

謀士在旁猶豫了一下。「王爺，八王爺不可能只有曹雲軒這一個幫手，咱們是不是得讓皇上提早做防備？別忘了，八王爺手裡可還掌握著軍隊。」

都是用腦袋吃飯的人，這後果他們自然能想到，為了以後的日子，也為了小命考慮，他有必要提醒一下主子。

五王爺閉眼沈思了一會兒。「派人去讓大公子過來，回頭我進宮面聖，有些事在信裡說不清楚。」

話音剛落，外面的人就敲門進來。

「王爺，昨天晚上曹家老宅出現了異常，等我們過去時人已經跑了，我們發現屋裡有翻動過的跡象，主要集中在大房這邊，我們也不清楚這些人目的何在。」

五王爺苦笑了一聲。「這些人還真是不消停，死了一批又來一批，就不知道這些人要找什麼，難不成是錢？行了，下去吧！」

他轉頭喚來得力手下安排好之後，便帶人先行離開。

這事越來越複雜，那個齊仲平他雖然拿下了，可這個人什麼都交代不清楚，而那些地方官雖然對他恭敬有加，可真牽涉到實質性的問題，卻是推諉搪塞，有的甚至稱病躲著他。

他這次真的該針對這些事情，好好地跟皇上仔細彙報。

曹雲軒已經聽說五王爺離開的消息，此刻他正帶著從曹家搜來的那個傳家寶往南方而去，只是他不知道，這個也是假的。

看著手裡的東西，他的臉上閃過一抹詭異的笑。「娘，您說這個老妖婆真是大膽，連這東西都能造假，幸好父王一下子就看出來了，說起來我們還真是小瞧了這個老東西，現在我都懷疑她當初是不是真的死了？不會像您一樣是假死的吧？」

宋靜雯搖搖頭。「你可別忘了，撐船的是咱們的人，他都親眼見到老太婆掉到水裡了，這事應該不會有假，而且他也說了，當時他雖然幫忙撈人，實際上可沒少用船槳把人往水裡壓，你說那樣的天氣，加上一個不會泅水的人，就算運氣好也活不了。

「放心吧，曹家沒那個老妖婆在，一時半會兒還成不了什麼氣候，再說，就罪人這身分，也足夠他們家折騰的，沒一個大功勞，你覺得能讓皇上為他們平反？作夢吧！只要有你爹在，曹家就別想翻身了。」

宋靜雯恨啊，她其實還有一個孩子，那也是王爺的骨肉，可那個死老太婆好像看出了點端倪，她就算再小心，孩子還是流掉了，她懷疑就是那個死老太婆做的手腳，所以對老太太，她是滿心的恨。

第九十三章

水瑤現在很忙，楚正鴻他們要回老家收復失地，江子俊說他也要跟著前去，理由是他是楚家的繼承人，楚家的事情他也要承擔。

徐五也想跟過去幫忙，跟江子俊合作了這麼久，都是一條船上的人，能搭把手就搭把手。

於是跟水瑤商量之後，他也帶著一幫人跟著走了。

剩下的事情便由水瑤他們幾個來處理，平時事情本來就多，有徐五他們在外面幫著，她還不覺得怎麼樣，可當人一離開，她才覺得徐五以前還真是不容易，不僅要忙生意上的事，還要搜集各種情報，以前從沒聽他抱怨過，連水瑤都不得不佩服。

這天，徐倩收到一條來自京城的消息。

「小姐妳看，八王爺被皇上委派下去監督興修水利，這事妳怎麼看？」

水瑤看了一眼上面的內容，不由得陷入了沈思，為什麼皇上要八王爺巡視水利興修情況？

她突然想起，江子俊曾說過八王爺手裡掌握著一支軍隊，這支軍隊集結了離國最訓練有素的士兵，這些人可都是八王爺親手帶出來的，恐怕皇上這是想支開八王爺，然後奪回軍權的做法吧？

可八王爺哪是那麼好糊弄的主？恐怕他也能猜測到皇上的用意。

她現在有些擔心了，她記得前世八王爺不是在這時造反的，難道她回來後，所有的事情都改變了，包括八王爺叛亂的時間點？

「徐倩，吩咐下去，全力收購糧食和鹽，我現在就去找安老，咱們分開行動。」

安老大夫看到水瑤時，不禁瞪大了眼睛。

「妳這丫頭都多久沒來了！最近在忙什麼呢？」

水瑤便簡單地把自己回建業縣安排曹家人的事情跟安老說了一下。

「安老，有件事情我得跟你說，你得幫著收購傷病的藥材。」

水瑤一開口，安老的心就突然急跳了一下，看水瑤的眼神也帶了一絲探究。「丫頭，是不是又有什麼事情要發生了？」

人老成精，上次的瘟疫他還記憶猶新呢！

水瑤苦笑了一聲，搖搖頭。「這次我也說不準，總之有備無患吧！我希望這批藥派不上用場，但您老還是要先準備起來。」

安老也不追問了，看水瑤的神色，好像也帶了一些不確定，也就是說，這丫頭心裡其實也沒底。

「需要多少？」

「您老看著處理吧！我們手下的兄弟多，每天生病受傷的也不少。」

安老點點頭。「我知道了。」

水瑤剛到家沒多久，竟然就來了訪客。

「蘇姨？妳怎麼來了？」水瑤驚訝。

蘇蘭一進門，先拉著水瑤上下打量一番。「妳這孩子，家裡出了這麼大的事，怎麼不跟我們說一聲呢？我們還是聽到消息後，才知道曹家出事了，妳不知道我有多擔心。對了，妳娘他們呢？」

水瑤笑呵呵的拉著蘇蘭的胳膊。「我們都沒事，幸好我之前留了一手，我娘跟我爹和離了，她跟曹家就更沒關係，所以我讓我娘帶著弟弟、妹妹去別的地方生活，我則留在這裡做點生意。快，屋裡坐，姨夫呢？就妳一個人來了？」

進到屋裡，蘇蘭才表明她這次過來並不單單是來看水瑤那麼簡單。

「妳姨夫調職了，從副升為正，不過卻是在這邊做事，所以我也跟著過來，原本妳姨夫還不想讓我來呢，說這邊還沒安頓好，過來也是跟著他吃苦，可夫妻兩個本來就是一體的，他沒人照顧，我也跟著心疼不是？所以就一起過來了，只是孩子這次沒跟過來，想說等我們這邊穩定下來再說。」

蘇蘭的話卻讓水瑤心裡起了猜測，尹士成在這時候被調過來，是不是就代表益州要變天了？

「蘇姨，只有姨夫一個人調職嗎？還是整批的調整？」

水瑤這句話把蘇蘭給問愣了，跟自家男人在官場上混這麼久，她多多少少也知道點風向，因此水瑤的這番話，讓蘇蘭重新審視起眼前這個孩子。

她只知道這孩子能闖、敢闖，沒想到竟然還有這樣的眼光，但是這也不影響她實話實說，至於能聯想到什麼程度，就看這孩子的智慧了。

「聽說這次南北都要調整，妳姨夫只是搶了頭香，還有幾個也調來了，估計以後會有大批的官員調動，至於怎麼調整，我就不得而知了。」

兩人正聊著，尹士成就帶著親兵過來，看到水瑤，兩個人免不了互相恭喜一句，再次坐下，尹士成這神色可沒有之前那麼開心。

「怎麼了，姨夫？都升官了，我看您好像不大開心啊？」水瑤問。

尹士成苦笑了一聲。「升官？說良心話，這地方官可不是那麼好當的，妳說這些坐地戶會讓我這個外來戶好過？不說別的，就是這些兵丁都不聽話，就更別說這些當官的了，上午我還處罰了兩個，可根本就起不了什麼作用，一個個拖拖拉拉的，這還有當兵的樣子嗎？一旦有什麼事發生，還能指望這些人？我看就連街頭的乞丐都比他們強多了……還有軍隊裡那些亂七八糟的事情，真不知道以前這個將領都是怎麼當的，能把軍隊教成這樣，他也是個人才……」

尹士成估計也是憋屈狠了，一打開話匣子就有些關不住，水瑤邊聽邊點頭，將這些話記在心裡，等尹士成說得口乾舌燥，拿起茶杯喝水時，她才慢慢說出自己的意見。

「姨夫，你過來這裡，想來也是皇上對你寄予厚望，畢竟那麼多人，怎麼就選了你們幾個過來？肯定是評估你們這幾個人可信、可靠，也有能力擺平這些難事，若他覺得這地方沒問題，何必進行這麼大規模的調整？」

經過水瑤這麼一分析，尹士成好像也明白這裡面是怎麼回事。

今天他之所以跟水瑤這個不懂政事的小姑娘說這些，也是覺得她並非外人，且這丫頭有些本事，加上心裡也憋著一股火沒地方發洩，這才在水瑤面前抱怨一通。

「妳的意思是說，皇上怕這地方生變？」尹士成問。

水瑤直視他的眼睛。「我也只是猜測，如果沒有更好，可要是有人生了異心，你來了正好可以主持大局，讓那些有小心思的人不敢輕舉妄動。你既然來了，也別顧忌什麼，這軍隊裡有些當官的該拿下就拿下，殺雞儆猴，讓那些不老實的也看看不聽話的人都是什麼後果，別告訴我你沒這個權力，既然你都升官了，肯定是你說了算。另外我想著安排一些人給你用，就當作臨時兵，讓他們在下面給你撐場子，拉攏一些士兵，如此時間長了，你自然就能上手了。」

尹士成搞不清楚水瑤這是從哪裡來的人手，而且這兵也不是隨便就能當的，他要是真的這麼做，保不齊一個告密，他也跟著完蛋。

對於尹士成的疑惑，水瑤笑著解釋道：「我這些人可不是真的要去當兵，我們自帶糧食，自己開伙，你就負責幫忙訓練，這樣也可以帶動你的手下一起跟著練……」

時間過得飛快，太陽都偏西了，在蘇蘭的提醒下，這一大一小才覺得肚子餓了。

尹士成原本煩躁的心情因為跟水瑤的交談，慢慢的平靜下來，水瑤的主意很好，而且小丫頭很會打算盤，這是打算讓他幫忙培養出一批看家護院，對他也有幫助，兩人各取所需，所以他也點頭答應了。

其實說起來他還是佔便宜的，水瑤這些主意，他自己肯定想不出來，畢竟處罰人之後又要收買人心，那才是最難的事。

他現在都覺得這些做生意商人的腦袋還挺好用的，要是能委以重任，肯定不會在那些讀書人之下，不過那都歸皇上管，他也沒辦法做決定，他只是覺得，背後有一個做生意的丫頭當參謀挺好的。

「這聊著聊著都沒發現天黑了，妳姨夫和妳蘇姨就在這裡吃飯了，飯後咱們再繼續聊，因為我還有些東西不大明白，咱們爺兩個再繼續探討一下。」尹士成笑道。

晚飯很快就端上來，飯菜是徐倩做的，蘇蘭在一旁幫著打下手。

尹士成是真的餓了，這幾天都沒怎麼好好吃飯，各種情緒摻雜在一起，就是想吃也吃不下去，今天經過水瑤這一點撥，他這心病也去了一大半。

在水瑤看來，這個姨夫忠勇可嘉，就是缺了一些手段和心機，當然能爬到今天這地位，也不能說這人一點腦子也沒有，只能說缺乏鍛鍊，時間長了，自然而然就會了。

尹士成吃過飯，又跟水瑤聊一會兒，這才帶著媳婦離開。

「小姐，妳讓咱們的人到軍營幹麼？若是想訓練，咱們自己訓練就可以了，何必多此一舉呢？」

徐倩不明白，不過馬鵬倒是很通透。

「小姐有小姐的想法，這還用問啊？」

水瑤轉頭看向馬鵬。「你是怎麼想的，我看看咱們是不是想到一處了？」

馬鵬扶著徐倩坐下，喝了一口茶水，才慢慢開口。「這個尹士成幫過咱們，他現在有難處了，咱們也得幫，加上咱們的人的身手……我就不說了，單說這軍營，聯合作戰和戰術等等都是咱們所欠缺的，咱們的人要是想更進一步，這軍營就是最好的訓練場所。」

水瑤讚許地點點頭。「說得好，我這個是幫人幫己。馬鵬，明天你就篩選幾個人送過去……」

五王爺這邊收到尹士成的彙報之後，笑著把密信遞給了孫子。

「灝霆，你看看，這個尹士成有點意思，據我所知，這人本質上不是個會玩手段的人，這次我怎麼感覺不大像是他的作風呢？」

韓灝霆看過信上的內容後，俊顏也帶了一抹讚許的笑。「是不錯，不管是不是他的主意，只要行之有效就好。據我得來的消息，尹士成剛赴任，手下那些人根本就不聽他的指揮，希望他在信上說的這招能奏效。話說也不知道這尹士成是怎麼想出這個點子的，真是有意思，等有時間我再過去看看。」

五王爺點頭。「是該去看看，我估計這十有八九跟那個小丫頭有關係，你別忘了，尹士成跟這個水瑤還有些淵源呢！尹士成這傢伙八成是去找水瑤倒苦水，這丫頭才給他出這個主意，至於能不能成，咱們靜觀後效。另外調來的兩個人怎麼樣了？」

韓灝霆不是很滿意地搖搖頭。「不理想，下面的人陽奉陰違，他們連立足都挺難的，我就是琢磨不明白，這地方究竟是怎麼回事？怎麼這些官員膽子這麼大，皇上又為什麼不全部撤換了這些人？」

面對孫子的疑惑，五王爺耐心地解釋。「這邊已經上下串通一氣，這也是我為什麼帶你來的用意，爺爺就是想讓你看看這些貪官污吏都是怎麼結黨營私，另外也存了讓你幫我的想法。雖然我貴為王爺，可你也別忘了，我就是個閒散王爺，手裡沒啥實權，這次也是皇上讓我在這裡坐鎮，否則我會跑到這個地方？皇上不是不想撤換這些人，可是得有個由頭啊，那麼多當官的，一下子都撤換掉，這地方還不亂了套？

「再說這些人結黨營私中還透著許多詭異，雖不知別的地方是不是如此，但這邊肯定有不對勁之處。你多學學，以後能多幫皇上就多幫皇上，你爺爺我無心這些勾心鬥角的政事，可也不代表就能放任你們無所事事，畢竟這王府以後還得靠你們這些後輩撐下去，你是長孫，多看多學對你沒有壞處。」

看孫子鄭重地點頭，五王爺滿意的笑了笑。

「爺爺，我們總不能就這樣眼睜睜的看著他們為難皇上派來的人吧？」韓灝霆又問。

五王爺眼神中帶了一絲狡黠。「你以為皇上會派些草包過來辦事？放心吧，這只是暫時的，一旦他們站穩了腳跟，一定會扭轉乾坤的。你明天去看看尹士成那邊是什麼情況，要不是我這身分礙事，我都想去瞧個熱鬧了。呵呵，我還真想看看那些兔崽子是怎麼被人給收服的。」

第九十四章

韓灝霆帶著老王爺的囑咐來到尹士成的練兵場，他也不靠前，就在不遠不近的地方擺上茶盞和水果，一邊觀看，一邊享受微風吹拂。

尹士成皺著眉頭，看訓練場上那些兵一個個拖拖拉拉的，像是沒吃飯的樣子，連武器都拿不動，相反的，另外一批穿著特殊的兵，一招一式很是認真。

他不是沒訓斥過，無奈下面的人不聽啊！

那些兵一個個壓低嗓音，互相傳話。「別聽他的，時間長了，這個人就會走了，咱們就自由了，頭兒說了，回頭請咱們喝酒。」

尹士成看了一眼身旁的副手們，這些可都是老坐地戶，昨天處罰的那兩個就站在這群人裡，看著下面懈怠的士兵們，嘴角還噙著一抹笑。如果他沒猜錯的話，恐怕是在心裡得意吧？

「你們兩個下去，帶著士兵一起練，要是他們練不好，拿你們兩個是問，下去。」

兩人只是應了一聲，不情不願地下去了，依然還是有氣無力的樣子，就更別說下面那些他們帶過的兵了。

尹士成能看出他們眼裡的挑釁和不屑，他也是個有血性的漢子，尤其又在戰場上出生入死過，以前他不想跟這些人交惡，是因為他還沒站穩腳跟，可這些人實在是欺人太甚。

他火氣上湧，厲喝一聲。「來人，把他們兩個拖下去打二十軍棍，卸去他們的職務，以後他們就是小兵一枚！之後誰表現好，我就提拔誰來填補他們兩個的空缺！」

接著他一指下面的士兵。「你們都給我記住了，訓練你們不是為了我尹士成做什麼，這些都是為你們好，一旦上戰場，就憑你們現在這模樣，就是給敵人練靶子用的！要想保住自己的小命就用心點，你們死了，我尹士成或許會覺得可惜，但是比不上你們家人來得痛苦。你們不為自己考慮，也要為爹娘、媳婦和孩子考慮！」

說完，他看向另一邊水瑤派過來的人。「今天這邊的兄弟表現很好，可以單獨吃小灶，大魚大肉都供應到你們吃不下為止。好了，繼續操練！」

水瑤派過來的人吼聲震天，整個校場上就他們的聲音最宏亮，因為他們過來前已經得到馬鵬的囑咐。

他們跟這些士兵是不同的，他們依然還是徐五和水瑤的人，這趟過來是為了自己而練，也是為了支援尹士成而來的，因此他們訓練時根本就沒把那些懈怠的士兵放在眼裡。

尹士成的處罰似乎有了點效果，至少那些士兵現在操練時比較有模有樣了。

只是到吃飯時，又出狀況了。

水瑤他們派來的人有配給專門做飯的，大鍋就架在軍隊伙房的對面，肉的香氣在校場上空飄散，讓那些渾身疲憊、肚子餓得咕咕叫的士兵們差點要扔下手裡的武器衝過去搶飯吃。

可真到了吃飯時，他們才知道這些菜餚竟然是給那些新來的人吃的，一個個頓時心生不滿了。

「怎麼回事，他們又不是咱們的兵，憑啥吃那麼好？這不是欺負咱們嗎？走，找頭兒說理去！」

看到對方大口吃肉，這些訓練時連個娘們都不如的漢子，一個個嚷得恨不得全軍營都聽得到。

「你們也不看看自己是啥德行，一個個跟軟腳蝦似的，還想吃肉？也不怕吃到肚子裡撐死你們！老實說，就你們這樣的，給我提鞋我都不要，也就尹大人不嫌棄，我勸你們有口吃的得了，想吃肉，等你們有那個本事再說，尹大人之前都說了，你們自己沒能力，怨不了別人。」馬鵬不怕亂子大，損起這些人來一點都不留情面。

他不會因為在人家的地盤上就束手束腳的，有時適當的刺激，反而能提高士氣。

那些老兵一聽這話，心裡的火自然就燒起來了。他們好歹是個大男人，被人家說成軟腳蝦，誰能甘心？尤其還是從這些兵不兵、民不民的傢伙口中說出來的，更讓他們不依。

「喲嗬，很會說話嘛？不知你這身手是不是有你這張嘴巴厲害？小子，咱們也不是欺負你，五個打一個，你能打贏，我們就服，否則你以後得聽我們的，肉都給我們吃。」

說罷，這人還不嫌丟人地朝後面使了個眼色，那些小兵只能跟著起鬨。沒辦法，說話的這個才是真正的老油條，在軍營裡，連頭兒都要給他幾分薄面。

「呵，五打一，你還真好意思說，不過我們也不怕。大家都聽著，他剛才說的話，你們同意嗎？若不同意，這架我也懶得打了。還有你，能做得了他們的主嗎？做不了就別說大話，小爺我也沒那個閒工夫陪你們玩。」

那老兵回頭看一眼周圍的人。「怎麼樣，告訴這幫孫子，老子我說話好用嗎？你們都聽嗎？」

「好用啊，老哥說的話啥時不好用過？小子，沒膽量就說沒膽量，別拿我們說事，你要是今天能打贏，哥們以後聽你的安排，只要不違反軍隊命令和規矩，其他的都好說。」小兵道。

馬鵬看他們沒意見，便大步走向校場。

老兵趕緊點了幾個人的名字，他就不信憑他的經驗加上另外四個身手好的小兵，會撂不倒這一個，要是真的打不贏，那他這兵還真就白當了。

這邊馬鵬已經跟對方交上手了，大家的注意力都被吸引了過來，包括看熱鬧的韓灝霆。

「有點意思，你看看，那小子明顯是逗他們玩呢！」他笑著對手下道。

手下在一旁點頭。「這人明顯就是個練家子，可惜那些兵沒長眼，竟然找了這人做對手，別說是五個了，就是十個也奈何不了他，要怨只能怨他們自己沒長眼睛，連看人的眼力都沒有，難怪被人家壓著打。」

的確，場上的馬鵬打得很輕鬆，根本就沒費什麼力氣，那幾個自認身手還不錯的被他打得東倒西歪，哪裡還有力氣反抗？

老兵喘著粗氣，連連擺手。「這次不算，我們沒吃飯，可你都吃了好幾塊肉，當然有力氣，等我們吃飽了再說。」

「這話你也好意思說？難不成你上戰場，敵人會等你吃飽飯再打？」馬鵬這邊的人立刻回嘴道。

老兵就算再耍賴，可這老臉還是有些發紅。這小子明顯有身手，都怪他看走眼了，這有身手的人來這裡幹麼呢？

馬鵬不屑地笑了笑。「我是無所謂，只要你們不嫌丟人就好，接下來就等你們吃飽飯了再繼續，一樣你們五個人。」

老兵一聽這話，屁股一緊。他身上還疼著呢，真的不想再打了，再打下去也沒贏的可能，再想想被摘去官職的那兩個人，老兵突然改變主意。

「兄弟，我跟你說笑呢，咱們男子漢大丈夫，說話算話，是我們技不如人，你們贏了，以後只要不為難我們、不違反規定、不違背我們個人原則，其他的都好說。」

馬鵬一抱拳，眼神裡也帶了真誠和熱切。「老哥，一切好說，從明天開始，你們這些人就跟我們一起練。當然，這肉自然也少不了大家的，你們看怎麼樣？」

在場的小兵聽到這話，一個個悄無聲息。跟馬鵬他們一起賣力操練，他們擔心有些人會給他們小鞋穿。這些小兵的眼神不由得都飄向老兵們的身上。

「行啊，那明天一起！」

老兵這話一出口，立刻就贏得他們這方人的歡呼。

「行了，都別愣著了，趕緊回去吃飯，今天是沒咱們的分了，不過明天咱們能一起大口吃肉！他娘的，老子都多久沒吃到肉了，明天大夥兒都開開葷！」

老百姓都沒肉吃了，就更別說他們這些當兵的，偶爾運過來的那點肉還不夠上頭的吃，到他們嘴裡自然只剩下肉湯。

老兵心裡多少有些明白了，那個新來的也不像是好糊弄的主，今天敢當著眾人的面拿下那兩個人，這是打算殺雞儆猴呢，也不知道剩下的那幾個能堅持到什麼時候？

反正不管什麼人掌管，他們依然都是底下的兵，那還不如給自己謀點福利，別到哪天真的上戰場，連口肉都沒吃到就死了，那豈不是虧大了？

馬鵬也沒想到今天會這麼容易就搞定這些小兵，回頭他得讓水瑤弄點水果過來，這大熱的天，有瓜果解暑，想必其他那些還是不服的人也會被拉攏過來。

韓灝霆看完熱鬧，搖著紙扇子慢悠悠地往回走。

「哼，我還以為這些人能堅持多久，敢情有奶便是娘啊！」

「主子，不是這些人有奶便是娘，主要是閻王打架跟下面的小鬼可沒啥關係，不管哪個勝了，他們依然還是小鬼，改變不了什麼。不過尹大人今天這手倒是不錯，這些人就該雷厲風行地辦了，跟他們磨磨唧唧，那就是給自己添堵。」

韓灝霆一合紙扇，用力敲記下手下的腦袋。「什麼閻王、小鬼的？注意你的用詞。這地方可不像你想的那麼安全，小心讓有心人給聽到，回去吧！」

尹士成也聽說了他們打賭的事情，但他沒露面，只等明天校場上看結果，他覺得這事太順利了，讓他一時間有些不適應。

其實也是尹士成把事情想得太複雜了，這些兵大部分都是普通老百姓家的孩子，他們當兵要麼是為了活命，要不就是強制入軍營。

當然，今天發生的這一齣，對幾個跟尹士成蓄意作對的人來說絕對不是好事，有了開頭，那以後就可想而知了。

幾個人偷偷密會，準備好好商量一下，誰知才剛坐下，外面突然響起號角聲，這是夜裡突襲的信號啊！

幾個人皺著眉頭罵了幾句。「他娘的，日子過得不耐煩了，竟然在這時候吹這東西！」

幾個人連盔甲都沒穿，直接跑了出去，此刻軍營裡的人也都是如此，而尹士成已經穿戴齊全，站在校場點兵了。

然而這些兵跟人家馬鵬帶過來的一比，簡直不能看，人家這邊就像正式上戰場似的，什麼都帶齊全了，他們這邊卻是丟盔卸甲的，跟逃兵差不了多少。

尹士成火大地讓他們連夜在校場上轉圈、跑步，直到那些兵筋疲力竭才讓人回去。

水瑤這邊得到消息後，只是笑笑。

「早該這樣了，不然他們真以為當兵是過去享福的？行了，今天派人送些瓜果過去，咱們的人可不能虧待了，至於表現好的兵，適當地給點甜頭也沒錯。」

「小姐，早上新收到的，妳快看看。」這時李大急匆匆地走了進來，遞給水瑤一張紙條。

看到上面的內容，水瑤坐不住了。

「這幫人膽子真夠大的，我還以為曹雲軒他們早就跑沒影了，敢情還留在這裡？」

信上說留在二龍山附近的人發現有人去過那間廟，且那幾個特殊的地方好像還被人擦拭過，至於有灰塵的地方也有爪子的痕跡。

水瑤坐了下來，表情有些複雜。「我猜他們是去試探的，卻沒打開寶藏，所以才又趕緊離開。」

水瑤有些沮喪，楚正鴻他們正好要回南方，不少好手都跟著他去了，只留下幾個人在二龍山，根本就做不了什麼。

第九十五章

李大嘆口氣。「算了，也別想那麼多，反正他們已經是逃犯，不僅是咱們，連官府也在找呢，抓到他們是早晚的事。」

事情已然這樣了，水瑤也知道後悔沒用。

李大和徐倩出去做事了，水瑤便抓緊時間消化今天早上送過來的消息。突然，一條訊息吸引了她的注意力。

八王爺離開了。

雖然之前她也聽說皇上讓八王爺巡視水利的消息，可這麼痛快的離開，水瑤心裡還是產生了疑惑。

八王爺的聰明程度不是她能比的，要不是占了先知的優勢，她也不過是一個普通的民女。

可八王爺明知道皇上要藉此削弱他的兵權，為什麼毫不抵抗地就離開了呢？

她腦子裡突然閃過一個想法——難不成他是想趁這個機會到南邊起勢？

可惜前世她對這方面的事了解太少，既然她能想得到，皇上也應該想得到吧？

在水瑤心裡，她不希望發生戰爭，畢竟受傷害的都是百姓，她也是百姓，她還有家人，還有很多事沒完成，她不希望讓八王爺壞了她的好事。猶豫再三，她決定親自去軍營一趟。雖不能找五王爺探討這事，但她可以跟尹士成談一談。

尹士成剛想親自操練士兵，沒想到水瑤在這個時候來了。他讓手下接手，他則陪水瑤進屋聊聊。

這丫頭還在這時候過來，也不知道是因為什麼事，難不成是知道昨天晚上他把那些當官的關起來了？

「怎麼樣，那些人現在可老實些了？」水瑤笑問。

尹士成估摸這丫頭可能知道些什麼，也不隱瞞，直接把自己的做法跟她說了。

「關得好，是該滅滅他們的威風。」水瑤點點頭。「據我所知，皇上已經派八王爺去巡視與修水利之事，你覺得皇上下一步會怎麼做？」

這事尹士成也不好說，皇上的心思，他哪裡敢猜測？

看尹士成這臉色，水瑤多少有些明白。「咱們不說皇上下一步要做什麼，就說八王爺這個人——你說他這麼做的目的何在？恐怕不單單是想要銀子那麼簡單吧？他能走到今天這地步，那腦袋已經不是咱們能想像的，好好控制這裡，讓那些人成為你們手裡可用之人，那才是正理。還有，想要削弱某些人的兵權不是不行，但要謹慎行事，我相信不用我說，你也明白，有些事一旦行差踏錯，後果不堪設想。」

該說的她都說了，其他就看尹士成的理解能力，她相信他不是傻子。

水瑤既然來了，肯定得到校場那邊去看看。

校場這頭，水瑤派來的人訓練有素，一個個精神十足，另外一邊則無精打采，給人懶洋洋的感覺。

水瑤看了直搖頭。「這哪叫兵？比農夫都還不如，這樣下去可不行。」

尹士成嘆口氣。「當官的都讓我關起來反省了，這下面有些人心裡肯定會有情緒……」

水瑤一邊走，一邊給尹士成出個主意。

這主意在她看來是最實用的，可尹士成身邊的人卻覺得這小丫頭的心可真夠狠，一般人還真的想不出放狼狗在後面追士兵這麼一個訓練方法。

尹士成對這個倒挺感興趣的，這麼拖拖拉拉的打好人際關係，還真不是他所擅長的，不如直接下一劑猛藥。

中間休息時，水瑤這些人外加老兵帶的那些人頓時就成兵營一道最美麗的風景，其他尚未服從的人熱得只能喝涼水解暑，可是人家啃著瓜果梨桃，那表情看了都覺得妒忌。

水瑤看著那些不情不願離開的士兵，朝馬鵬他們伸出大拇指。「以後就這樣做，聽話的就能吃到好東西，不聽的，一口都別想吃到。」

老兵雖然不知道水瑤的身分，但也猜得出這丫頭是這些人的主心骨。「丫頭，以後有好吃的記得多想著我們啊！」

水瑤豪邁地一揮手。「肉管夠，湯管喝，大叔，想吃多少就吃多少。」

「還是妳這女娃子好，丫頭，有空常過來啊——」老兵樂呵呵道。

第二天一早，大夥兒就看到尹士成的親信牽著狼狗站在校場上。

尹士成看著眾人，嚴肅開口。「今天咱們不操練了，天天這麼操練，我看著累，估計大家也累。今天改成越野跑，誰落後了，就得小心我這狼狗，還有，你們的食物就在那座山裡，順著標誌跑，先到先得，晚到的估計也沒東西吃了。好了，出發！」

那些懈怠的人還在猶豫，馬鵬和老兵已經帶著自己人先衝了出去，校場邊的狼狗開始躁動起來，朝著還沒出發的人狂吠不止。

尹士成冷笑。「再不出發，你們就等著被狗咬吧！我這狗可餓了兩天了——」

「還等什麼，趕緊跑啊——」

有沈不住氣的先出發了，剩下的人也不敢再繼續違抗命令，跟著最後一批人跑了出去，後面的狼狗則緊隨其後。

「我的娘呀，真的放狼狗啊，大夥兒快跑啊，要是真被咬死了，家裡的人都拿不到撫卹金，死了也是白死啊——」

尹士成騎著高頭大馬跟在後面，看著一個個落荒而逃的士兵，嘴角不由得帶上一抹滿意的笑，總算讓這些人動起來了。

「你們幾個跟上去。」他對手下道。

他還有別的事要處理，就不跟這些人在這裡耗下去了，反正自己的手下跟上去也是一樣的。

水瑤之前讓耿三和徐倩去買回以前被發賣的下人，卻一直不見他們回來，不禁擔憂。

「耿三他們怎麼還沒回來呢？也不知道這人買得怎麼樣了？」

水瑤不放心，想跟李大過去看看，誰知剛走到門口，就看到耿三背上揹著一個人，徐倩和環兒則跟在後面，一臉著急。

水瑤見狀況不對，趕緊道：「這是怎麼了？快進屋說！」

到了屋裡，徐倩才向水瑤解釋他們回來晚的原因。原來是王嬤嬤生病了，他們把她送到安老大夫那邊看病才耽誤了。

「怎麼樣，沒問題吧？」水瑤緊張地問。

耿三嘆口氣。「就是年紀大了，禁不起折騰，再說在那樣的地方待了那麼久，健康的人也都受不了。我打聽過了，剩下的人分了好幾個地方發賣，妳要的那幾個應該是送到建業縣那邊了。」

水瑤趕緊吩咐李大。「李叔，讓建業縣那邊的人注意一下，有咱們要的人趕緊買下，其他的等見面再說。環兒，妳跟王嬤嬤先休息一下，飯菜馬上好。」

環兒都不好意思了。「我過去幫忙吧！」

她覺得自己挺幸運的，沒想到水瑤會找到她和王嬤嬤，還買下她們，她還以為這輩子再也見不到這個小姐了。

吃完飯，水瑤剛要回屋，江子俊就來了。

「水瑤！」

水瑤回頭，一臉驚喜。「你怎麼來了，不是跟你爹回南方了？」

江子俊眨巴眼睛，眼神帶著調侃。「我過來看看我未婚妻不行啊？」

水瑤白了他一眼，臉不禁紅了。

江子俊笑咪咪的跟在水瑤後面進了屋子。

水瑤給他倒杯茶，這才坐下來。

這些日子，兩個人都忙，這傢伙好像又瘦了。「在我這裡吃飯吧，再忙你也得記得吃飯啊。」

江子俊聽了，心裡美滋滋的，眼中帶著柔情。「我還以為妳不關心我呢！妳也是，要注意自己的身體。」

水瑤替江子俊擰了濕巾給他擦臉。「我在家裡一直都好，可你跟我不一樣，東跑西跑的，也不知道打交道的人是好還是壞。你老實跟我說，怎麼突然回來了？」

江子俊嘆了口氣。「其實我臨時趕回來是有事情要調查，之後要再趕回去跟我爹會合……水瑤，我還沒跟妳說過我們家的實際情況，之前是怕連累你們，現在敵人既然已經走到明處，咱們也能自保，那我就不害怕什麼了。

「當年我爺爺撿到一個孩子，將他收為養子，他就是我叔叔楚志清。我們家裡人覺得他身世可憐，也沒把他當外人，家裡的事都讓他經手，剛開始還不錯，誰知道後來……他竟然勾結曹雲軒他們那夥人，謀奪我們家的家產。當然，他們主要目的還是傳家寶，可也不知道是怎麼回事，族裡的人好像跟他沆瀣一氣，我們家出事，族長還有叔爺爺他們都跟楚志清站在同一陣線上，這也是為什麼我們會跑到這裡來。」

說到這裡，他喝了口茶，繼續道：「這次有信傳來，說那個楚志清的身世可疑，但到底是怎麼回事，還沒調查清楚。至於楚家全部的生意，目前已經被楚志清和他的人全部掌控，當年我爺爺和我爹用的人也都被他們換掉了。」

水瑤吃驚地看向江子俊。「照你這麼說，不滅了楚志清，你們根本就沒辦法拿回楚家的產業?!再說，曹雲軒他們這些人……我覺得不單單是為了傳家寶那麼簡單，如果這個楚志清的身世可疑，我懷疑或許當年他們就對楚家生了覬覦之心。」

說著，她嘆了口氣。「唉，你說，有錢人家的事糟心，這沒錢的也鬧心，怎麼就沒個踏實的日子？剛開始我琢磨著回曹家，至少還能有個依靠，誰知差點連小命都要沒了。咱們倆這命可真夠苦的了，以後你給我記住了，你的眼裡只能有我，你的心裡也只能裝我，其他的念頭你趕緊打消。」

江子俊一把抓過水瑤的手放在自己胸口，表情嚴肅，眼神認真。「這輩子，我這裡只裝妳一個人，不管有沒有子嗣，我都不可能再碰第二個女人。水瑤，記住了，妳這輩子也只能是我的，我一個人的。」

水瑤一臉嬌羞。「行了，我知道了，這事我會一直記得，以後千萬不能像我爹那樣，女人多了，那就是個禍患。」

江子俊舉手發誓。「放心，舉頭三尺有神明，我說過的話絕對不會反悔，否則就遭天打雷劈。」

水瑤一把捂住他的嘴，嬌嗔道：「瞎說什麼？快吃飯！」

兩人這麼一表心跡，距離彷彿拉近了不少。

吃過飯，水瑤又不放心地叮囑了好久，這才放江子俊離開。

第九十六章

江子俊調查完手頭上的事，又立刻快馬加鞭趕去和楚正鴻一行人會合。這回，他看到了楚家老爺子楚仁良，原來爺爺也加入了他們的行列。

幾天後，一行人終於來到楚家的地界，徐五這才知道楚家究竟有多大。一路上，楚正鴻跟他們介紹哪家是他們家的買賣，徐五的信心都快被擊垮了，他還以為他和水瑤很能幹，誰知跟人家楚家比起來，根本就是小巫見大巫。

江子俊看徐五蔫頭耷腦的樣子，摟著他的肩頭，拍拍他的後背。「兄弟，楚家能有今天，沒有你想像的那麼容易，我們家也是經過多少代才累積到今天的財富，也正因為如此，才釀成如今這場大禍。雖然咱們幾個做的生意沒法跟這個比，可這才剛開始呢，假以時日，你覺得咱們的買賣就一定不如楚家？」

楚老爺子笑咪咪地點頭。「我看也是。你們現在還小，就已經有了如此成績，這樣已經很了不起了，跟你們同年的，沒幾個能比得上你們。徐五，老夫看人眼光很準，以後你肯定會有出息。」

徐五嘴上沒說，心裡卻在暗自嘀咕。還看人準呢，要真準的話，楚家怎麼會讓人家給霸佔了？這楚老爺子怎麼會被人家抓起來了？要說看走眼還差不多。

老爺子看了徐五一眼，好笑地搖搖頭。「你小子心裡肯定不服氣，也是，當初我要是沒看走眼，引狼入室，楚家怎會淪落到如今的局面？問題是我又不是神仙，沒有預知的能力，難免會有看走眼的時候，不過我敢斷言，你和水瑤以後必定大有前途，這個肯定錯不了。」

徐五一拱手。「老爺子，我可借你吉言了，以後等我們真的發達了，保准不會忘了您老。」

老爺子好笑地揉揉徐五的頭。「臭小子，那我就等著你們孝敬了。」

隨即，他的臉色又變得凝重起來。「到了這地方，就是楚家那些人的勢力範圍了，大家都小心些，今晚咱們就在這裡住宿。霆楓，你帶人過去跟咱們的人聯絡一下，看看家裡那邊現在是什麼情況，再讓人跟蕭家那頭知會一聲，我們在這裡等消息。」蕭家就是楚正鴻妻子蕭映雪的娘家。

徐五在這時跳了出來。「老爺子，要不我帶著我的人先行一步，反正我們都是乞丐，比較不容易引人注目，要是跟你們在一起，反而發揮不了我們最大的作用，你說呢？」

老爺子猶豫了一下，人家可是主動過來幫忙的，他連情況都不甚瞭解，就貿然讓徐五他們過去，一旦出事，他沒法跟水瑤他們交代。

不過江子俊倒是在一旁點頭。「我看行，爺爺，我也喬裝改扮跟徐五他們走，一來我熟悉地形和情況，二來，現在我長高也長大了，他們應該認不出我，我和徐五一起過去，或許能在暗處幫你們一把。」

楚老爺子沈吟了一會兒，最終點點頭答應了。

既然徐五是過來幫忙的，有些事情江子俊就不能瞞著他。他邊走邊跟徐五說明楚家這邊的情況。

徐五聽完，都想撓頭了。「這都是些什麼人啊？族長他們也屈服了？那楚家這邊的人也沒幾個是向著你們的啊，咱們是要上哪裡去瞭解內情？不要咱們的人過去了，還沒接觸到要抓的人，先被你們楚家那些人給出賣了。」

徐五是真的擔心啊，他不大相信那些楚家人，畢竟能跟叛徒走在一起，肯定也好不到哪裡去。

江子俊皺著眉頭，嘆了口氣。「其實他們也有苦衷，那些內鬼也是依靠那些殺手才爬到今天這地位的。」

徐五的腦筋又轉到楚家那些利潤上頭。「你說你們家這麼大的生意、那麼多的利潤，那幾個內鬼能全部吃下？我怎麼覺得這其中還有內幕？說不定他們是給殺手組織提供資金？」

江子俊苦笑了一聲。「這個我們沒有證據，只有等抓到人再說，走吧。」

徐五跟大家簡單地說明一下情況，又約好見面地點，接著一夥人全部散開，各自去打聽消息。

他和江子俊兩個人扮作路人，跟著進城的人潮往城裡走，邊走邊聽旁人議論。

「欸欸，你們有沒有聽說，最近楚家那邊要招人手？」

「哼，我才不過去呢，那個人搶了楚老爺的位置，把楚家那幾個正主子給弄沒了，就他們幹的那破事，就算我缺銀子也不去他們那裡掙，說不定哪天我的小命就沒了！」

旁邊的人湊了過來。「我聽說楚家已經開始收購今年的新糧，這放在以前可是沒有的事，糧食都沒下來，定銀都先給了，這是什麼路數，我們怎麼看不出來？」

有人冷哼道：「能讓你看出來？那楚老爺子也不會走到今天這一步了。」

徐五用胳膊拐了一下江子俊，湊到他耳邊低聲道：「看來楚家動作還挺大的，連老百姓都在談論呢！話說楚家也做糧食買賣？」

江子俊沒吭聲，只是點點頭。他也納悶，楚家是做糧食生意的大戶，以前也不是沒提早收購過，不過這也太早了吧，這莊稼還看不出什麼苗頭呢，楚家這些人怎麼那麼急著就預訂了？

難不成這裡面有隱情？

徐五這傢伙膽子大，立刻湊過去跟人家瞎聊。「這楚家給你們的定價是多少？我跟你們說，楚家今年給我們定的是十五文一斤。」

旁邊的人不敢置信地看向徐五。「怎麼可能？我們才十二文，你怎麼就十五文了？這樣楚家也掙不了啥錢啊？」

徐五說完，也不管眾人是什麼反應，直接拉著江子俊就走，留下眾人一個個心裡忿忿不平。

「咱們還等什麼，找人去楚家理論！同樣都是收購，憑啥咱們少，那個人多，這也太不像話了，楚家這做派是越來越誇張了，連楚老爺子一半都不如，這不是欺負咱們鄉下人嗎？本來日子就苦，他們還壓榨咱們！不行，這事不能就這麼算了，我得回去通知大家。」

徐五在遠處看眾人轉身回去了，咧著嘴嘿嘿笑。「這回可有熱鬧瞧了。」

江子俊拍了他一下。「楚家那人手裡沒些人手，你覺得他能撐到現在？希望這些百姓能挺住，不然就是罪過了。」

徐五冷哼一聲。「我就不信那麼多人過去，他們還敢明目張膽的殺人，除非他跟官府是穿同一條褲子。」

說完這話，徐五腦子突然閃過一個念頭。「難不成楚家跟官府的人真是一夥的？壞了，我說江少爺，如果像我想的那樣，這楚家你們還是別回去了，你可別忘了曹雲軒他們是什麼人，曹家完蛋了，你覺得楚家還能好到哪裡去？」

江子俊並沒有回答徐五的話，而是拉人直接走，邊走邊說道：「小心隔牆有耳，咱們換個地方說話。」

江子俊拉著徐五東拐西繞，把他帶到一處宅子前。

看徐五詫異的眼神，江子俊邊打開門邊解釋道：「這裡是我外家的房子，咱們就在這裡暫時歇腳，原本打算住客棧的，可據我得來的消息，楚家連客棧那邊都打過招呼了，所以咱們得小心些。」

走進屋裡，徐五才發覺這裡面別有洞天，這江南的房子跟北方還真是不一樣，亭臺樓閣比那大官家住的要精緻許多。

江子俊拉了徐五一把。「快進屋吧，這邊經常有人打掃，應該不會太髒。」

果然如江子俊所說的那樣，屋裡非常乾淨，不過這些不是徐五在意的，只要能有個歇腳的地方，哪怕是破廟他都能待。

「來來來，咱們先討論一下剛才的問題。」徐五臉色嚴肅的看向江子俊。「我的猜測如果是真的，曹雲軒和八王爺有可能要造反，你們楚家就是首當其衝。若奪回楚家，你們或許會受到牽連；如果放手，反而是你們的機會，你們可想好了？」

江子俊嘆口氣，坐下來，定定地看向徐五。「這事我們不是沒考慮過，可楚家除了那些人，還有很多人是無辜的，像是女人和孩子，他們畢竟沒參與這些事。總之不管怎麼樣，我們總得要試試吧，那都是我爺爺的族人，且我外家蕭家或許也會受到牽連，所以我們這趟回來，就是盡力挽救，即便不成，我們也要努力，至少不能讓八王爺輕易得手。」

徐五眉頭緊皺，長吁一口氣。「這可有些難度……我看你們家的事不如速戰速決，最好趕緊拿回楚家的主導權，否則後面會更麻煩，一旦和八王爺他們勾結，坐實謀逆之罪，你們都落不到好處。」

徐五喝了口茶，又問：「你們是怎麼打算的，半夜衝進去一舉拿下？」

江子俊點點頭。「我們是這麼打算的，但有一點，楚家那邊的護衛很多，功夫跟那些殺手幾乎不相上下。還有，楚家有密道，這是之前就有了，後來聽說又挖了幾條，如果不一次抓到楚志清和他的手下，讓他們調動暗處的護衛，咱們或許會功虧一簣，聽說這些年他可沒少收買官府的人。」

徐五皺著眉頭，消化江子俊剛才說的內容。一舉擊潰或許還有勝算，可他也不敢保證楚家其他人會不會暗中告密，一旦消息走漏，他們暴露了行蹤，就算贏也是輸，若讓對方逃走，官府那邊甚至可能派人剿滅他們。

徐五苦笑了一聲。「按照你的說法，咱們怎麼做都是敗局，那還幹什麼？既然地契、鋪子都在老爺子手裡，那直接殺了這個人得了，剩下的事楚家的人愛怎麼幹就怎麼幹，我看你們就把那些生意賣掉，反正要那麼多銀子也沒用，你說這些糟心事，還不都是錢太多惹的禍？我看讓楚家那些人都窮困潦倒，他們就知道誰好誰壞了。」

說完，徐五搖搖頭。「你看看，大戶人家有什麼好，淨是些亂七八糟的事情。還是我們這樣好，沒銀子就乞討，有銀子就去吃吃喝喝，哪裡還犯得著讓別人惦記？你爺爺這是好人沒做成，養出一隻白眼狼來。行了，我知道該怎麼準備了，論身手，咱們不如人家，可要論主意，他們可沒咱們多。」

江子俊從來就沒小覷過徐五他們的能力，面對徐五提出的要求，他很痛快的答應了。

「行，這些東西我帶你去買，別的等其他人打聽回來再說。」

天氣悶熱，徐五吃了點江子俊買來的水果，一邊坐在院子裡的樹蔭下搖蒲扇，一邊沈思。

江子俊已經在屋子裡睡著了，這些日子趕路趕得急，一直沒睡好，便趁這個機會補充睡眠，因為接下來可能要忙活了。

徐五帶來的那些人也不是過來玩的，輕易就混入市井，跟那些乞丐打成一片。

不用半天的時間，他們或多或少都打聽到一些外人不知道的秘辛。

看時間差不多了，這些人陸陸續續來到集合地點，徐五和江子俊已經等在這裡。

「怎麼樣，打聽到有用的消息了嗎？像是密道出口？」徐五沒別的期盼，就是想知道這個密道出口在什麼地方，一旦掌握住這個，那勝算就多了一分。

大家疑惑地搖搖頭。「密道並沒有，其他的我們倒是聽說了一些……」

有些內容江子俊已經瞭解，可有些事他還真的不知道。

譬如族長家的十八姨太太跟那個取代楚老爺子地位的養子楚志清有勾搭，還有的人說那個楚志清其實不是什麼孤兒，他爹就是楚家的人，諸如此類，關於楚家亂七八糟的事不勝枚舉。

第九十七章

江子俊是越聽臉越黑，摸著下巴苦笑了一聲。

「怎麼感覺我爺爺好像冤大頭，被人給算計了呢？」

徐五嘴巴也毒。「我之前就說你爺爺眼光不好吧，你還不信，都說無風不起浪，就算這事不是真的，這其中肯定也有什麼內幕，不然你以為人家這些乞丐兄弟閒著沒事，編造那些無聊的事情說著玩？得了，你們先出去吃飯，明天繼續，都注意安全，別讓人跟蹤了。」

既然是「乞丐」，他們自然不能跟徐五他們住在同一個地方，吃完飯，他們就繼續去跟那些乞丐待在一起，這樣也更容易打聽到一些事情。

屋裡，徐五笑著對江子俊道：「我看你們那個族長也不是什麼好東西，那個老傢伙都多大年紀了，還娶了十八房姨太太，我都嚴重懷疑他有那個體力？還是說這是楚志清塞給他的，想藉此掌控楚家？」

江子俊回憶自己還是楚家小小少爺的時候，所有人都巴結他們，那個族長就更不例外了。

平時看著挺和善的一個人，在楚家出事後，迅速跟那個叛徒勾結起來，要不然楚志清也不會這麼快就掌控楚家所有的生意。

「人心難測，按理說我爺爺當家時，沒少照顧族裡的人，每年還撥出一些銀子作為族裡的經費，現在我才發覺，這些人胃口都被養大了，那點銀子他們已經不看在眼裡了，他們想要得到更多，而想必那個楚志清肯定許諾了許多好處，要不然他們怎麼會不遺餘力的幫他？」

徐五在一旁繼續「陰謀論」。「說不準你爺爺還幫人家養孩子呢！你說那個楚志清是不是那個老色鬼在外面養的孩子？我怎麼看都覺得像是那麼回事……你們家跟曹家怎麼都差不多，都是自己人出了問題，才會造成今天這結果。」

另一頭，同樣收到消息的楚老爺子也被嚇了一跳，一臉不可思議。

「霆楓，這消息是真的？那個楚志清的爹真的是楚家的人？」

路霆楓嘆了口氣。「老爺，外頭都是這麼說的，應該不會差，但究竟是誰還不清楚。」

老爺子對這消息有些難以消化，養了那麼久的兒子，沒想到竟會是他族人的孩子，他到底撿了一個什麼樣的人回來啊？

恐怕這楚志清到他們家本就是帶著目的而來，也就他傻，還以為人家可憐，到頭來他才是最可憐的那一個。

「徐五那個孩子真的沒說錯，我就是識人不清，要是我機警一點，怎會犯如此淺顯的錯誤？」

此刻老爺子說不出心裡是什麼滋味，他做了一輩子的生意，閱人無數，偏偏就在收養孩子上讓他栽了個大跟頭，差點讓他們楚家數代的基業毀於一旦。

這種致命的錯誤讓老爺子精神備受打擊，頓覺難堪到不行。

楚正鴻在一旁勸慰。「爹，您就別自責了，咱們好心好意的做善事，誰想到他們竟然會把主意打在這上頭，而且誰也不會想到，一個孩子還會有那麼深的心機。這事怨不了您老人家，這都是那些人狼子野心、處心積慮，說來這就是我們楚家的劫數，估計想躲都躲不開，畢竟咱們是普通人，不是神仙，沒有預知的能力，現在既然已經發生了，後悔也沒用，咱們還是趕緊想對策才是。」

老爺子暴著青筋的手握了鬆、鬆了又握，長嘆一口氣。「你們都說說自己的想法，能這麼處心積慮打咱們的主意，這人恐怕不簡單。」

洛玉璋眉頭皺成了川字。「老爺子，楚家那邊的族人還有多少是向著您的？又有哪些人已經投靠了這個楚志清？咱們可得好好地想想，別貿然過去跟他們聯絡，小心中了他們的圈套。」

路霆楓贊同的看向洛玉璋。「這話說得好，據咱們的內線所報，楚家那邊也不是所有人都向著這個楚志清，有兩個族老自從咱們離開後就一直對外稱病，根本就不摻和這事。這兩位下面的人，有些也對楚志清和族老等人的事不怎麼熱衷，或許這些人咱們可以稍加利用。」

老爺子一聽這話，立刻來了精神。「總算還有人記得我了，你好好的說說，那兩個人究竟是怎麼回事？」

幾個人一邊聽路霆楓敘述，一邊陷入沈思。

「爹，我覺得可以去試探一下，據我所知，這兩人的身體一直挺好的，肯定是他們知道了什麼消息，不想摻和，又沒有能力跟族長還有那個楚志清對抗，所以只能稱病，消極對待。要不我過去跟他們溝通一下，咱們總不能一直等在這裡吧？」楚正鴻道。

洛玉璋覺得這事不大妥當。「楚大哥，要不我跟路大哥過去試探一下，反正他們知道路大哥是誰，有他在，對方至少不會懷疑我的身分，你說呢？」

老爺子搖頭。「不行，玉璋不能去，這事情太複雜了，你即便帶了霆楓過去，也無法取得他們的信任，還是我去走一趟。」

所有人都反對。「那可不行，您老要是過去了，有個萬一，您說讓我們怎麼動手？」

話音剛落，外面的人就通報說蕭家的人過來了。

「親家，快請！」楚老爺子欣喜地道。

蕭遠山熱情地跟楚老爺子握手、擁抱。「你們趕緊跟我走，我已經都安排好了，你們這地方雖然距離遠，可是依舊不安全。子俊那邊你們不用擔心，我會通知他。」

蕭老爺子帶領眾人來到城外一處房子，不算大，但是夠隱秘，也方便大家行事。

「這裡是我的一處私產，別人不知道，你們就放心地住下吧！」

大夥兒坐下來聊天，蕭老爺子對之前他們談論的話題直搖頭。

「我說親家，你這麼顧忌來、顧忌去，也起不了多大的作用啊！要我說，直接去對付那個楚志清得了！你那幾個本家兄弟，我看早就有異心了，你還顧忌個啥，直接拿下不就行了？至於那些個遠親，就更不是問題了，你都拿下楚家了，他們還能放個啥屁啊？只是官府那邊倒是個問題，你們走了之後，這個楚志清一年也上貢了不少東西，不過當年你們出事時，官府不管，這次也沒有理由管，你處理家務，官府那邊只要沒人去告狀，就沒啥事。」

這蕭老爺子是個直脾氣，有啥就說啥。

楚老爺子苦笑一聲，朝老親家一抱拳。「老哥，是我想得太淺，原想著能用最少的損失將楚家主導權拿回來，那樣傷害就會少一些，可就像你說的，那些不出頭的人雖然內心反對楚志清他們，實際上也幫不上我們什麼忙。」

蕭家老爺子擺擺手。「哎，我就是個粗人，可能有些事情也想不到，我就是有啥說啥。別的我幫不上，要人，我全力支持！」

隨即他話鋒一轉。「不過有件事我還是沒想明白，我聽說楚志清那小子平時很少出現在眾人面前，一般都是你那幾個兄弟出面，我不大清楚這裡面究竟是怎麼回事？這事你們得好好的琢磨一下。」

蕭老爺子沒在這裡久留，談完話後就帶著人離開了。

楚老爺子道：「罷了，這事咱們回頭再想想，反正在我心裡，這事跟曹雲軒掛上鉤，也跟八王爺有關聯。大家先回屋休息吧，明天再看看還有沒有其他消息。」

這一夜，徐五和江子俊睡得挺好，第二天一早，江子俊得知老爺子被安置在城外，便派人把他們搜集來的消息送過去，讓老爺子他們先別著急。

江子俊今天也跟著徐五出門，主要是採買東西，也順便打聽暗道的事情。

兩人喬裝改扮之後，江子俊帶徐五去了能買到這些東西的地方，經過楚家時，還跟他介紹了一下。

「這麼大的宅子啊？」徐五驚嘆。

「大有什麼用，不也被人奪了去？現在你知道位置了，以後也好方便你來。」

江子俊一邊走，一邊跟他說了一下各家人的住處，方便徐五以後辦事。

接著他跟徐五分道揚鑣，去找一些街頭乞丐，跟他們混在一起。以前逃亡時他也做過，並不算陌生，估計誰也想像不到當年楚家的小少爺竟然會成為街頭乞丐中的一員。

跟江子俊一起的三個乞丐看他面生，還挺疑惑的。「小子，頭一次看到你，怎的，外地來的？」

江子俊苦笑了一聲。「老爺子，你聽我這口音像是外地來的嗎？我也是本地人，只是以前在別的地方要飯，聽說這邊的日子好過，這才換一個地方。」

老乞丐了然地頷首。「我說呢，怎麼以前沒見過你。小子，你來得可不是時候，以前咱們的日子是好過，當初楚仁良老爺子最是心善，每年布施都是拿簍子散錢呢！可惜啊，自從楚家換人當家後，咱們的日子就越來越不好過了，剛開始還挺像那麼一回事，可一年不如一年，這兩年我們連個銅板都見不到了，所以說你小子時運不濟啊，這邊也難過。」

幾個人坐著聊天，江子俊聊著聊著，就將話題轉到現在的楚家。這幾人都是乞丐，也沒啥顧忌的，有什麼就說什麼。

有一點倒是引起江子俊的注意，原來楚家曾找過一些壯年乞丐幫他們種地，至於這些乞丐後來怎麼樣，他們也不清楚。

他當然知道楚家有自己的田莊，但還遠不到需要僱用乞丐來幫忙，這其中的內幕，他似乎有一些頭緒了……

雖然想立刻知道這些人究竟在什麼地方種田，可他還是得控制自己的情緒和表情，裝作不甚在意的樣子。

「楚家要咱們這些兄弟幫著種田？他們家有多少田地啊？需要這麼多人？」

老乞丐嘆了口氣。「這事知道的也沒幾個，也是我們趕巧了，當時我們幾個饞肉了，又沒銀子買，這不想辦法上山去抓？也就是那個時候，看到楚家的護衛帶著好多乞丐上山，有一個要小解，看到我們，才跟我簡單說了這麼幾句，我們才知道這事，我估計其他人都不清楚。」

江子俊的心怦怦跳，原以為關於密道的消息很難打聽，沒想到今天是個黃道吉日，出門就遇到貴人了。

「在哪個山上？有時間咱們也去抓雞吃，我也饞肉了。」江子俊摸摸肚皮道。

老乞丐指指城外的山。「就在那裡，只是不知道實際位置，聽說那地方已經讓人給買去了，我勸你沒事最好別去那地方，畢竟是楚家的地盤，別讓人給逮著了，不划算。有吃的，咱們就多吃一口，沒吃的就餓著，跟小命比起來，我還是寧願過這樣的日子。」

話音剛落，江子俊竟然看到他那個三叔爺爺楚仁和跟族長往酒樓裡走，此刻本是萬里無雲的天空突然打了幾道悶雷，很快的，天空烏雲密佈，豆大的雨滴由遠而近地砸落下來。

「快跑——」

大家都不是傻子，下雨了還在外面淋雨，那不是等著生病嗎？看江子俊往酒樓下面跑，幾個人猶豫一下也跟了過去。

主要是那地方不怎麼待見他們這些乞丐，以前人家就攆過他們。老乞丐是擔心江子俊不瞭解情況，心想跟過去看看比較好。

江子俊其實也沒進去，就在廊簷下蹲著。隔著一牆坐著的就是族長與楚仁和，裡面似乎還有別人，看他們互相打招呼的樣子，應該是生意上的合作夥伴。

江子俊也不理老乞丐他們幾個，閉著眼仔細聽裡面的談話，要緊的事倒是沒有，就是在討論今年糧食的收購問題。

「咦，這些人是幹什麼的？」

江子俊被小乞丐的話引得睜開眼睛，就見面前有許多人經過，他們身上都淋濕了，不過即便是這樣，也阻止不了他們在雨中前行的腳步。

因為人多，大夥兒吵吵嚷嚷，很快地，江子俊就知道原因了。

昨天徐五的話到底在這些人心裡起了反應，這些人找來十里八鄉的村民過來找楚家算帳了。

他想跟過去看看，卻讓老乞丐攔住了。「這個熱鬧你可瞧不得，他們是去找楚家的，弄不好，這事可大條了。咱們是要飯的，老實在這裡待著就好。」

很快的，酒樓裡的楚家人聽說外面的事之後，便帶著幾個人跟了出去。

天氣很快就放晴了。

「老爺子，我得出去討點吃的了，以後有機會再找你們。」江子俊朝這幾個乞丐一抱拳，很快就離開了他們的視線。

他急匆匆的跟著人群往楚家那邊走，天氣一放晴，躲雨的人也都紛紛出來跟著人群去看熱鬧，至於這些人是什麼心態，沒人去關心。

江子俊心裡有些著急，此刻楚家門口已經站了一排的看家護院，這些人他一個都不認識，想必當年家裡那些人都被楚志清給撤換得差不多了。

第九十八章

徐五看見江子俊在人群後面，一把拉住他。「你怎麼過來了？快，跟我來。」

江子俊沒好氣的跟著徐五躲到一個拐角處。「這可都是你一句話惹出來的，如果他們沒證據，這楚家的人還能讓他們好過？一旦這些人發生什麼事情，咱們怎麼對得起這些人的家人？他們本來就窮，萬一傷了、死了，可怎麼辦？」

徐五有些不好意思的撓撓頭。「我不就是想給那個楚志清找點麻煩嘛！我也沒想到會是這個結果。你先別著急，這些人若是聽我一面之詞，就這麼大張旗鼓的來，那不是沒長腦子就是愚蠢，我看他們的樣子似乎不像，等等看，說不定還有轉機呢！對了，這楚家有沒有過這樣的先例啊？這樣我心裡也好有個底，要真到了關鍵時候，我也過去幫幫忙。」

江子俊想了想道：「有，但那是有特例的。一般我們都是照顧那些窮苦到不行的人家，若真的快活不下去，我們會給予優惠，那些上過戰場的、老弱病殘、孤寡一類我們也會優惠他們。不過我們會跟對方事先說好，這優惠不能跟外面的人說，省得大家心裡彆扭。」

徐五朝江子俊伸出大拇指。「難怪都說楚老爺子好，現在我都佩服他老人家了，雖然看人眼光不怎麼樣，但這心眼的確是好……哎，你別瞪我啊，我就是實話實說，你爺爺做生意有天賦，可他不是十全十美的人。」

江子俊無奈的搖頭。「你啊，就不能說點好聽的？我爺爺這會兒都快後悔死了，你要是再見到他，可別再提這話茬了，要是讓他再聽到，估計都要買塊豆腐撞死了。」

徐五雖然嘴上沒說，可心裡卻暗自嘀咕。買豆腐撞死？那東西能撞死人嗎？還是不想死啊！

江子俊拉拉徐五。「看樣子那些人好像不是沒有證據，你聽聽。」

徐五一聽，這心總算是放下了。「還真有這樣的事情啊？看樣子好像是地方不一樣，這價格就不同，最早簽約的錢給最多，後來就越來越少了。你看，楚家的人被大家給問惱了。」

那些來討說法的人已經開始要求解除合約，畢竟沒有楚家收購，他們照樣能賣得銀子，只不過會比較慢罷了。

「解除合約！你們楚家欺負我們鄉下人不識字，同樣是賣糧食，你們竟然價格不一，我們不賣糧食給你們楚家！」

楚家那邊的族長和幾個重量級人物出現了。「怎麼著，銀子都拿了，還想毀約不成？我告訴你們，毀約可以，但你們得賠償很多銀子，合約上都寫得清清楚楚，我建議你們找個明白的人好好看看，要是沒有，我可以現場解釋給你們聽……」

楚家的那個三叔爺爺楚仁和倒是很有耐心的拿出合約，跟眼前這些泥腿子每一條逐步解說。

突然有個人先嚷嚷出來了。「不對，當初跟我們簽合約的人可不是這麼說的，你們作假騙我們！兄弟們，你們說說，當初他們說的是不是跟剛才不一樣？」

「對，就是不一樣，他們騙人！」

大夥兒異口同聲的回答，讓楚家幾個人耳朵差點都震聾了。

「我們要解除合約！」

所有人都覺得楚家就是一個大騙子，說的和做的根本不一樣。大家情緒激動，楚家的護衛也已經蠢蠢欲動。

徐五一看這情況，暗叫一聲糟。「不好，這楚家怕是要出手了，咱們該怎麼辦？」

江子俊心裡著急，可這事是楚志清他們作的孽，他沒法替他們解決。

他皺著眉頭，一臉疑惑。「按理說出了這麼大的事，這個楚志清身為家主得出面解決，怎麼讓這幾個老傢伙出來面對？」

很快的，人群裡就有人嚷嚷讓楚志清出來解決問題，這時候楚家的家主不出面是怎麼回事?!

江子俊看了一會兒，心裡多少有些明白了。「他們不敢輕易動手，別忘了，楚家是做生意的世家，如果誠信出了問題，以後誰還會跟他們做生意？而且他們恐怕也是急需糧食，否則不會提早跟大家簽合約，只是他們做人差勁，欺騙這些老百姓。豐收了，他們就達到了目的；欠收了，他們也沒損失，反正可以從別的地方收購，人心不可測啊……」

果然，事情的走向就跟江子俊預料的一樣，那幾個楚家人根本就無法控制場面，而他們也不想發生大規模的衝突，畢竟如果今天出事，他們這一方或許可以鎮壓這些人，可是以後的名聲也完了。

在大家的千呼萬喚中，那位很少露面的楚志清終於出來了。

看到楚志清的模樣，江子俊吃了一驚。

這人跟他記憶中的差了很多，當初他們還在楚家時，這人模樣周正，可現如今卻瘦成不成樣，臉色泛著青白，彷彿是從棺材裡爬出來的屍體一般。

徐五看了楚志清一眼，實在無法想像這人是如何運籌帷幄，把楚老爺子他們一家給算計到骨子裡？

相反的，他注意到楚志清身邊那個像護衛一般的人，這人無論是氣勢還是相貌，都贏過這個楚志清一條街有餘。

這個人是誰？

他推了江子俊一下。「楚志清身邊的男人是誰？這個人是不是有些可疑？」

被徐五這麼一提醒，江子俊才注意到這個人。「我也不認識。」

徐五沈吟。「我怎麼覺得這個人比較像是主子？你看那個楚志清，哪裡有一個主子的樣子，說是一個病死鬼還差不多……」

江子俊和徐五一直觀察著眼前的形勢，如果楚家真的敢在光天化日下行凶，這事他們兩個也管定了。不管怎麼說，這些農民是無辜的，且這事也是由他們先挑起的。

楚志清陰沈著臉，不是很情願地開口。「各位老爺、少爺們，這事我們不清楚，估計是下面的人辦事不力，我們楚家還沒你們想的那麼不堪。這也不是誰算計誰的問題，我們的本意也是為了大家方便，在這青黃不接的時候，先給大家定金，讓大家暫時熬過去，可現在讓你們如此一說，好像我們做了什麼惡事似的。你們別看現在糧價上漲，每年這個時候，糧價不都是這樣？否則你們以為我們做商人的是吃什麼、靠什麼生活的？

「你們也知道，到了秋收時，那糧價自然就下降了。你們捫心自問，目前我給你們的價格，是不是比往年都高？如果你們真覺得自己吃虧，那我們就解除合約，可之後糧食價格下降，你們可別怨我們不講道義。」

他環顧眾人一眼。「這事孰是孰非，大家各自思量，若覺得適合，那就帶著合約離開，若覺得不適合，我也不勉強大家。當然，這合約既然已經簽定，那就是生效了，若想解除，不用你們賠償什麼，就賠償雙倍定金就行，如果你們還是覺得吃虧，那你們儘管去告，有這紙合約在，你們走到哪裡都不見得有理，這上面可是有你們的簽字畫押。還有，給那些人好一點的價格，那也是因為我們合作多年，這銀子是我的，我要給多少那是我的事情，似乎跟你們沒多大的關係吧？」

徐五聽到這裡，不由得爆了一句粗口。「這楚志清是怎樣？這說來說去，理還在他們那邊了？」

江子俊冷笑一聲。「這個人以前就是口舌見長。」

被楚志清這麼一說，過來找碴的這些人心裡也沒底了，楚志清說得有道理，銀子是人家的，他愛給誰就給誰。

何況他們要解除合約，還要賠償雙倍定金，大夥兒的心裡不願意啊！有些人家都入不敷出了，定金也已經花掉一些，今天能過來，就是希望糧食價格能多給一點，至少自己心裡能平衡。

誰知現在哪一條路都被對方給堵死了，這麼一衡量，有些人挺不住，只能放棄。

還有一部分的人，寧可自己去賣糧食，也不想繼續跟楚家合作，因此仍有不少人當場退了定金、賠了補償，解除合約之後，倒是讓他們心裡鬆快了不少。

徐五摸著下巴琢磨了一會兒，接著拉著江子俊跟著那些解除合約的人一起離開，等到了半路，徐五才喊住這些人。

「各位大哥且慢，我有話要跟你們說。」

江子俊當然知道徐五要做什麼，可他沒攔著，水瑤曾經說過要囤積糧食，現在或許是一個機會。

江子俊並沒有過去，而是讓徐五上前跟這些人談。

過了一會兒，徐五樂顛顛的走回來道：「好了，糧食已經安排好了，以後有地方可以買了。」

兩人走回去的路上，徐五才開口說出自己的想法。「今天看到了那個神秘的楚志清，我說兄弟，這個人是不是中毒了？」

提到中毒，兩個人突然想起水瑤曾經說過的話。江子俊猶疑的問道：「你的意思是說，他有可能跟曹家老太太的情況相同？」

徐五點點頭。「不僅如此，我覺得他身邊那人也不簡單，如果真是中了同樣的毒，那曹家老太太是那個妖婆子下的毒，楚志清中毒或許也跟曹雲軒有關係，畢竟他娘都有這東西，他身為兒子，又是殺手組織裡的老大，這毒對他來說很容易拿到手。」

說著，他笑了笑。「水瑤也說這毒沒解藥，呵呵，老天爺總算是開眼了，保不齊咱們都不用費多大的力氣了。」

徐五光顧著高興，可江子俊卻想到其他的事。

這下毒的人用意何在？這楚家其他人難道都沒看出來？

「我怎麼覺得這裡面的事情有些蹊蹺，楚志清不會不知道自己中毒，可他還這麼甘願地坐以待斃？」

徐五嘟囔道：「說不定他已經沒有能力反抗了，水瑤可說了，那東西一旦上癮，止都止不住，或許明知道是毒藥，他還是甘之如飴。」

江子俊想起自己打聽到的事情，趕緊拉著徐五到一處安全的地方，這才開口。

徐五聽完，一臉訝異。「你的意思是說，城外那個山上或許就是楚家密道的出口？」

江子俊這小子運氣真好，出去裝了半天乞丐，這事就讓他給打聽到了，看來連老天爺都想幫楚家一把。

見江子俊點頭，徐五立刻道：「那還等什麼，趕緊讓人通知你爺爺一聲，這事咱們得早做打算，我跟你說，我都想好了……」

對於徐五的主意，江子俊只能說這個人絕對是黑心大蘿蔔，不過他也覺得跟這些人講道義根本沒必要，只要行之有效就行，其他的他只看結果。

另一頭，水瑤接到了青影的私信。當初青影提前到了南方，而有些事他除了跟楚老爺子他們彙報之外，也另外給水瑤去了信。

他心中隱隱覺得，這事不能找別人，只能找水瑤，他相信這個小姑娘是上天派來拯救楚家的。

水瑤看完信，思考了一夜，第二天，她去拜訪五王爺。

「水瑤要見我？」

五王爺還有些不敢置信，那時以曹家的情況，這小姑娘都沒出面跟他求情，這個時候過來，到底是為了什麼事情？

水瑤是真的沒有辦法了。楚家這一趟凶險異常，雖是回去拿回屬於他們自己的產業和家產，可往深處想，這其中透著一些玄機。

她唯一能想到的是八王爺或許已經掌控住楚家，可八王爺是皇家人，她一個小老百姓，即便有點先知的能力，可依然撼動不了皇家的地位，所以她只能尋求五王爺的協助。

她先跟五王爺寒暄了一會兒，這才再次跪倒在地。「王爺，小女子今天過來，是有事要向您老稟告。」

五王爺很想知道這個小姑娘會對他說些什麼？

他摸著鬍子，一臉莫測高深。「小姑娘，妳會有什麼事需要本王爺幫忙？據我所知，妳的生意很順利，母親和弟弟、妹妹也都挺安全的。」

水瑤磕了個響頭，抬起頭，一臉正色的看向五王爺。「王爺，小女子今天過來是為了我朋友的事情，當然，如果是普通的家事，我也不會這麼大膽的過來求王爺，可這情況玄妙，也許關係到朝堂，我實在是拿不定主意，只能跟王爺您說……」

水瑤把自己聽到的楚家的情形，以及自己的分析跟五王爺說了一下。

「妳是說八王爺有可能參與並派人掌控了楚家？而那個楚仁良……如果我沒猜錯的話，那可是江南富豪之一？」

水瑤點頭。「是，現在他們打算收回產業，可這事我覺得沒這麼簡單，當初曹雲軒參與了楚家的爭奪，且我們也有證據證明八王爺和曹雲軒是一夥的。」

五王爺上下打量著水瑤。這江南的事，她不去找別人，反而來找他，這膽識和謀略讓他實在欽佩，這小姑娘絕對不像她表面上看起來的這麼簡單。

尤其是聽到水瑤說有證據證明八王爺和曹雲軒是一夥的，五王爺立刻就想起那些被消滅在山谷裡的殺手們。

他不動聲色的問道：「小丫頭，別跟我說你們不知道山谷裡的事情是誰做的。」

水瑤苦笑了一聲。「還是瞞不過王爺您老的火眼金睛啊！是，這事是我和我朋友做的，他們是當初追殺我們的人，不僅傷害曹家，楚家的事情也跟他們有關，這些人作惡多端，不除不快。如果王爺要追究其中的責任，水瑤願意一力承擔，為了我們娘幾個曾經遭過的罪、受過的苦，除掉他們，我不後悔，哪怕是再給我一次機會，我還是會殺了他們。」

第九十九章

見水瑤咬牙切齒的樣子，五王爺面上不顯，可心裡不是沒有感觸。

他起身扶起水瑤。「好孩子，坐下來說吧！在我看來，這些人也是死有餘辜，當初官府不是沒查過，可惜這些人太狡猾了，除掉他們也算是為民除害。不過以後不能以暴制暴，還是要用正確的手段來處罰這些人。好了，咱們先不說這些殺手，妳快跟我說，這曹雲軒和八王爺是怎麼回事？把妳知道的一字不漏的說出來。」

水瑤嘆口氣，看向王爺，猶豫了一下，這才輕聲道：「這事我只是懷疑，或許曹雲軒並不是曹家的孩子……這麼多年來，曹家對這個兒子有多重視，大家都明白，可這樣一個曹家的血脈卻要對付曹家，您說這裡面是不是有蹊蹺？我懷疑他是別人的兒子，另外我們也有證據證明，我爺爺的三姨娘宋靜雯與八王爺有私密來往……」

有些事情已經不是她能掌控的了，關於八王爺和宋靜雯的事情，她把知道的都說了，包括那個做為聯絡據點的首飾鋪子。

五王爺是越聽越心驚，他知道老八存有異心，但他沒有實質的根據，而眼前這麼一個小姑娘，竟然掌握了老八這麼多的證據，不得不讓他刮目相看。

最後水瑤下了結論。「王爺，一旦楚家的財產被八王爺掌控，興許會招致大禍。我雖然不知道他要幹什麼，但我知道八王爺他並不缺這點銀子過日子……」

「水瑤，這事我會盡力而為，妳先回去吧！」五王爺也知道情況緊急，如果水瑤這小姑娘說的都是真的，那老八在南方的勢力已經超乎他們的想像。

恐怕南方才是他的大本營，這下他都不知道皇上派老八出去是錯還是對，他是擔心啊，這要是放虎歸山，以後離國的命運可就難說了。

從五王爺那邊出來後，水瑤差點都沒力氣走路了，幸好李大就守在門外，看到水瑤，趕緊過來扶了一把。

「怎麼了，小姐，出事了？」

水瑤無力地擺擺手。「上車再說。」

到了車上，李大一邊趕車，一邊聽水瑤說起她去求五王爺幫忙的事情。

李大嘆氣。「也不知道王爺能不能幫上忙……」

水瑤能理解楚老爺子那急切的心情，可有些事情哪有想像中的那麼容易？

李大問：「小姐，要不咱們派些人過去幫忙？」

水瑤長嘆一口氣。「我是怕咱們的人還在半路上，他們就動手了，也不知道徐五那邊是什麼情況？」

一回到家，李大便喊徐倩過來幫忙把水瑤攙扶到屋裡。

徐倩看著眼圈發黑的水瑤，嘆了口氣。「李叔，昨天晚上小姐肯定是一夜沒睡，你說這都是什麼事啊？年紀這麼小，還得思考那麼多事……」

李大苦笑了一聲。「我們倒是想幫她分擔，可惜咱們沒那個腦袋，回頭給小姐弄點好吃的補一補吧！」

水瑤睡了一下午，到了晚上肚子餓了，這才清醒過來。

剛吃過飯，馬鵬就回來了。

水瑤本來還有話要跟馬鵬說，不過想到小夫妻倆也有好幾天沒見面了，便讓他們兩個先回房。

第二天早上，水瑤才跟馬鵬說了南方的事。

馬鵬沈吟，提出跟李大一樣的提議。「小姐，要不要我們帶人過去幫忙？」

水瑤搖頭。「目前咱們的人難以佔據優勢，你們暫時先別動，我給你們安排一個任務……」

水瑤給馬鵬他們安排的任務，讓馬鵬有些摸不著頭腦，不過他也不多問，他們只要去執行就成，至於原因，他猜很快就會揭曉了。

水瑤讓馬鵬他們去做的事情，她自己心裡有數——她想救人，若那個男人的家人沒有出事，他是不是就不會那麼仇恨朝廷，以至於被八王爺拉過去做了軍師？

前世她就聽說這個軍師很厲害，她要趕在事情還沒發生之前，阻止這場悲劇。聽說那個男人的妻女都是被人凌辱致死，兒子則被人挖去心肝，既然她知道了，就不能讓這些無辜的人喪命。

馬鵬回軍營後，先去找尹士成彙報情況。

對於馬鵬他們的行動，尹士成不會多加干涉，這也是之前他們就商量好的。

校場上沒有馬鵬他們的身影，那些士兵覺得好像缺少了點什麼，平時都是他們的喊聲最響亮，今天聽不到這聲音，渾身都不自在。

不過這幾天，這些士兵倒是進步不少，雖然跟尹士成的理想還差一大截，但好歹認真了許多，一招一式還挺像那麼回事的。

尹士成嚴肅的臉難得有了一絲笑容，他看看身邊已經服從的這幾個人，滿意地拍拍他們的肩頭。「你們按照計劃繼續操練，我去買點東西，今天該我們家請客了。」

那幾個副將看著尹士成遠去的背影，心裡不禁有些慶幸，幸好當初聽了家裡女人的話，不然被判刑的恐怕就是他們了。

「幸好咱們沒犯大錯誤，要是跟他們那幾個人同流合污，估計這會兒咱們的媳婦和孩子就沒飯吃了。」

另外一人感嘆。「說的是啊，我都感覺以前像是作了一場噩夢，被人束手束腳真他娘的不舒服！現在好了，有尹大人在，咱們可以放開手腳大幹一場了。」

尹士成在這邊有條不紊的慢慢收服人心，馬鵬則是連續幾天都待在水瑤指定的地點埋伏，總算等到水瑤想救的那個人。

「頭兒，你聽，前面有呼救的聲音！」馬鵬身邊的人道。

馬鵬還沒作出決定，前面負責放哨的人很快就傳來消息。

「前面有人在打劫！頭兒，咱們要管嗎？」

馬鵬大手一揮。「還等什麼？快去救人！」

他雖然不知道水瑤為什麼指定這個地方，但他直覺前面那人或許就是小姐要等的人。

等他們到的時候，一群蒙面劫匪正朝手無縛雞之力的女人伸出狼爪，想要剝了她們的衣服，而一旁的地上則躺著一個被人踩在腳下的男人，身上還流著血。

那男人只能無力的掙扎著，嘴裡罵著他能想到的所有惡毒的話，可這些根本就發揮不了作用。

妻子和女兒就要在他的眼前慘遭毒手，他卻無能為力。

「老天爺，祢快開開眼，救救我們吧——」

馬鵬看到眼前這情景，眼噴怒火。「住手！」

那些劫匪作夢都沒想到馬鵬他們會從天而降。

馬鵬衝上去，一腳踢開那個踩在歐陽華腦袋上的男人，其他的人則撲過去跟對方動起手來。

那些劫匪想要反抗，可哪裡是他們這些人的對手？別看以前他們是乞丐，畢竟也在軍營待了那麼長的時間，對付這幾個人是綽綽有餘了。

歐陽華見家人安全了，所有的力氣也都消耗殆盡，臨昏過去前，看了馬鵬他們一眼，眼神中滿是感激。

女人和孩子也顧不得身上衣衫不整，娘三個直直撲倒在歐陽華身上。

馬鵬趕緊拉開這三個人。「快起來，別耽誤時間，這人還沒死呢！」

馬鵬讓人把這些劫匪綁起來，這才帶人離開。

「快，把這男人送到回春堂去。」

至於女眷，他則讓手下的人送到水瑤那裡，另外又派人把劫匪送去衙門。

「小姐，外面馬鵬讓人送來三個人，說是在山上救的，還有個男人受傷了，被送到安老大夫那邊去了。」徐倩道。

水瑤剛才還惦記著這事，一聽說人救下來了，哪裡還坐得住？

「快，帶我去見見他們！」

到了廳裡，就見一個女人帶著一雙兒女坐在那裡，他們看到水瑤，還有些戰戰兢兢的。

水瑤滿臉是笑，過去拉住女人的手。「夫人，別擔心，你們已經安全了，我們已經把妳相公送去醫館救治，你們先梳洗一下，吃個飯，回頭我帶你們去看他。」

李玉婉忐忑的心立刻被雀躍和驚喜所取代，之前她不知道這些人是幹什麼的，而馬鵬因為急著救人，也沒時間跟他們娘幾個囉嗦。

因此李玉婉並不知道馬鵬等人的身分，她是擔心剛脫離了狼爪，又入了虎穴，所以在等待時，三個人心裡一直忐忑不安。

不過當她看到水瑤，再看看這個人的表情，心頓時安定了，拉著兩個孩子就要給水瑤跪下。

水瑤趕緊拉住他們。「夫人，千萬別，妳這不是要折殺我嗎？這也是舉手之勞的事，你們千萬別客氣，在這裡就當是在自己家一樣。好了，我帶你們去洗漱。」

男孩子還好，李玉婉和女兒雖然衣衫還算完整，可也已經被撕破了，所以水瑤讓娘兩個進屋去換衣服，好在對方的行李都在這裡，也不用她多費心。

吃飯時，水瑤瞭解了下歐陽華一家的情況，原來夫妻兩個帶著孩子想過來投靠朋友，卻沒想到會在半路上遇到這樣的事情。

看著娘三個的穿著，水瑤多少也能瞭解情況，恐怕歐陽華家的情況並不是很好。

「夫人，我能知道妳要找的朋友是哪位嗎？說不定我可以幫上忙。」

李玉婉苦笑了一聲。「那朋友叫蘇蘭，她相公是個當兵的，其他我就不清楚了。」

水瑤聽到這裡，不由得笑了。「夫人，看來咱們真是有緣啊！妳找的那個手帕交，正好我認識，她也是我娘的朋友，我都喊她蘇姨。妳等著，我這就讓人去通知她過來。」

「真的？」李玉婉吃驚的看向水瑤，她作夢都沒想到世上竟然會有這麼巧的事。

水瑤笑著點頭。「可不是，要不我怎麼會說咱們有緣呢？妳啊，就放心地在這裡住下。

先去吃飯吧！」

水瑤只知道前世歐陽華他們出事的大概時間和地點，卻沒想到她想招攬的人竟然跟蘇蘭有關係。

娘三個雖然肚子也餓，可因為擔心歐陽華的身體，這飯吃得有些沒滋沒味。

水瑤也看出來了，並不勉強他們，只讓徐倩準備了餐盒，吃過飯後就帶著娘三個去了回春堂。

此刻，安老大夫已經給歐陽華止了血，好在傷口不是很深，還不至於影響生命。

「爹——」看到歐陽華，一雙兒女直接撲了過去。

李玉婉趕緊道：「小心，別碰到你們爹的傷口。他爹，你現在怎麼樣，還疼嗎？」

水瑤放下食盒，帶著人先出來，讓他們一家人好好說會兒話。

安老大夫看著她，笑道：「妳這丫頭，都多久沒過來了，怎麼樣，最近還好嗎？」

水瑤笑著點頭。「這不是忙嗎？那些傢伙都有事出去了，你說我能怎麼辦，只能自己扛起來。對了，讓您老收購的藥材怎麼樣了？您可別忘了這事。」

安老敲了下水瑤的腦袋。「妳這丫頭，這事我能忘嗎？」

晚上，不僅蘇蘭來了，連尹士成也到來，他這兩天特別順利，打算看水瑤時，也順道看看媳婦那個好姊妹一家。

歐陽華對尹士成夫妻倆的探望也受寵若驚，看尹士成這穿戴，明顯就是個大官，他有心想下床拜見，可架不住身子虛弱。

「大人，恕在下無禮，實在是腹部受了刀傷，不敢輕易下床走動，還望見諒。」

看歐陽華朝自己一抱拳，尹士成理解地拍拍他的肩膀。「沒事，什麼見禮不見禮的，都是自己人，沒那麼多講究，聽說你媳婦和我媳婦那還是打小的情誼呢！來到這裡，你就別客氣了，水瑤這孩子我也是當自家孩子看待，你們在這裡，我們也放心，你就好好的養傷吧！」

歐陽華苦笑一聲。「說來慚愧，你說我這麼一個大男人，連自己的老婆和孩子都保護不了……唉，說起來我都羨慕你們這些軍人了，有機會我一定跟你多學兩招。」

尹士成自然聽說了歐陽華一家的遭遇，看他這弱雞般的身子骨，難怪連幾個劫匪都對付不了。

其實在尹士成的眼裡，歐陽華真的挺不出彩的，他還在琢磨以後要給這人安排啥活兒做呢！人家既是奔著自家媳婦來的，看在媳婦的面子，他也不能袖手旁觀不是？

不過若是安排在軍營裡，哪裡有什麼輕快的活兒可以做？文書有了，軍師他也有，唯一能想到的，只有水瑤這邊了。

第一百章

吃過飯，尹士成跟水瑤在院子裡聊天，說起了這事。

水瑤好笑的看著他。「我說姨夫，我還打算讓他幫你的忙呢，既然你那裡安排不來，那我可不跟你客氣了，這人以後就替我做事了。我跟你說，別看這個人貌不出奇，有些高人啊，是不能從容貌上看的。」

尹士成心裡還真的頗不以為然，這人都讀了那麼多年的書，愣是沒考上一官半職，可見那書讀得也不怎樣，所以對水瑤的話並不放在心上。

他笑道：「妳才是我幕後的高人呢！」

水瑤嘆口氣，搖搖頭。「姨夫，你可高看我了，我這算什麼，頂多是小孩子過家家，跟你那些手下的兵玩了個心眼而已，要說大智慧，我可不如歐陽先生，以後你就等著看吧！」

尹士成笑著點點頭。「行行行，那我就等著瞧，我還真希望這個歐陽華能給我一個驚喜呢！對了，徐五那小子最近怎麼沒動靜？我可有一段日子沒見到他了。」

說起徐五，水瑤望著遠處的星空，嘆了口氣。「他跟我朋友去南邊了，估計現在正忙著呢！」

蘇蘭夫妻倆也沒在這裡坐太久，日子還長著，相聚的日子多的是，也不急於這一時半會兒。

接下來的日子，水瑤一顆心兩頭牽掛，這邊生意忙，那頭也不知道江子俊他們怎麼樣了？五王爺是不是幫上忙了？

江子俊這邊，的確是遇到了麻煩。

雖然知道了地道的出入口，可就在他們想要進去一探究竟的時候，才發覺這地方不僅有人看守，還住了不少的人。

據徐五他們觀察，這根本就不是什麼乞丐，相反的，這些人一看就是有身手的人。

「頭兒，我們該怎麼辦，這麼多人呢，不像是看家護院，反倒像是另外一批殺手。」

別說崔武，就連徐五都是這麼感覺的。在他心裡，這些人很神秘，像是訓練有素。

江子俊拿著望遠鏡，看著遠處山上的那些人，臉色有些凝重。「路伯伯，你看。」

路霆楓拿著望遠鏡觀察了一會兒，搖頭道：「這些人不簡單，楚志清那邊什麼時候招攬這麼多人了，真是奇怪。」

徐五在一旁說道：「我看不如像上一回那樣，先除掉這些人，只是這麼大的動靜，肯定會驚動旁人，這才是我擔心的。若能下迷藥，便可以神不知鬼不覺了。」

路霆楓瞪了他一眼。「你看看這些人，像是能輕易讓咱們過去下藥的人嗎？說不定還沒等咱們靠近，就先被人家給射殺了。咱們再好好的觀察，人多總能想出辦法的。」

可惜觀察了半天，幾個人最後都一臉鬱悶地離開了。這些人比他們想像中厲害，管理嚴密，想要找出漏洞還真的很難。

「這樣下去可不行，咱們正事做不了，只能在一旁瞅著，多難受。」還是徐五最先發聲。

江子俊嘆了口氣。「這事回頭跟我爺爺說說，我也覺得應該跟水瑤說一下，看看能不能跟五王爺那頭通報一聲，因為有些事已經不是咱們能掌控的了。」

他們回去時，青影也恰好在這個時候回來了。

看到孫子和青影的彙報，楚老爺子沈默半天都沒吭聲。

「爺爺，我們該怎麼辦？要不要讓水瑤跟五王爺那邊通個信？」

楚老爺子開口。「如果他們跟八王爺真有勾結，咱們一家肯定解決不了。跟水瑤聯絡一下吧，即便楚家的事真的暴露了，大不了咱們跟曹家作伴去。」

青影猶豫了一下，撲通一聲跪在地上。「老爺，咱們這邊的事情，我已經私下跟水瑤小姐說了，還請您老原諒。」

楚老爺子雖然驚訝，還是一把拉起了青影。「你這孩子說什麼呢，我還正發愁呢，你算是幫了大忙了。」

徐五撓撓頭。「就算水瑤知道了，可光是告訴五王爺，也未必就能真的解決問題，我看皇上那頭早就應該有所察覺才是，怎麼到現在還沒動靜呢？」

江子俊琢磨了一會兒。「不管怎麼樣，這事不能再拖了，如果任由他們拿著楚家的銀子招兵買馬，到時候咱們還是逃不了這個責任。」

楚正鴻臉色凝重，點點頭。「我也是這麼想的。爹，要不就做吧，猶豫來、猶豫去，反而容易錯失良機，且咱們回來一趟，什麼也不做，好像也對不起咱們自己。」

老爺子嘆口氣，大手一拍桌子，一股豪邁由心而發。「好，那咱們就幹，這輩子我一直都謹小慎微，到最後也沒保住楚家的產業，這回老了，咱也學年輕人一把。都坐過來，咱們安排一下。」

徐五巴不得呢，在這裡乾看著，什麼也做不了，除了研究就是研究，根本解決不了任何問題，他是巴不得大幹一場。

這一夜，大夥兒分頭行動，等洛玉璋做生意回來時，家裡的人都散開了。

「咦，老爺子，人都去哪裡了？」

楚老爺子嘿嘿笑。「都出去幹活了，你跟那些番邦人談得怎麼樣，生意成了？」最近洛玉璋在跟番邦人做生意，忙得很。

「那是。」洛玉璋笑著點頭。

楚老爺子便笑咪咪的跟洛玉璋說出他們的打算。

「那我得參加啊，這事可不能漏了我。」

看洛玉璋著急的樣子，老爺子怎麼可能不瞭解他的心情？他拍拍他的肩。「這事還不急，他們先去準備，你跟我留在這裡，這兩天你還是繼續做生意，真到了需要你的時候，肯定不會漏了你。對了，明天去打聽一下糧食，看看能不能多收一些，水瑤那頭可囑咐過，咱們別忘了這事。」

洛玉璋點頭。「這事我都記得呢，已經讓人幫忙聯絡了。」

說到這事，洛玉璋眉頭一皺。「對了，你們楚家鋪子是怎麼回事？今天我怎麼看到沒糧食可賣了？」

老爺子一聽到這消息，心裡頓時就有一種不好的感覺。

「壞了，如果楚家這邊沒糧食可賣，其他商家可能也會陸續效仿，若所有的商家都惜售糧食，將會出現無糧可買的情況。」

洛玉璋不由得跟著緊張起來。「那不就是說，到時候誰掌控了糧食，就是掌握了生死？」

楚老爺子無力的癱坐在椅子上。「雖然不能說掌控生殺大權，可這勢必會影響人心，造成老百姓內心的恐慌，我就想楚志清為何會提前訂購秋糧，原來用意在這裡。」

洛玉璋還有一件事情不明白。「老爺子，即便楚家這邊想掌控糧食，可朝廷那邊也該有儲備吧？如果朝廷下令，楚家還能不賣？還有，到目前為止，楚家究竟還有沒有糧食，這才是關鍵。」

老爺子給了洛玉璋一個肯定的回答。「有，而且是很大一批，要不怎麼說楚家是江南糧食販賣大戶呢？江南這邊的糧食，楚家占了很大一部分，楚家的動向也會影響其他的商家，不過我不知道官府那邊知不知道這個情況，我也懷疑連官府都跟他們串通一氣，那這江南的百姓可要遭殃了。」

「玉璋，你這兩天抓緊找糧，不管是咱們這邊的或是別國，只要成本低於楚家收購的，那咱們就能維持糧價穩定，還能有些小賺頭，這事我可就靠你了。」

此刻洛玉璋感覺自己責任重大，如果沒辦成，豈不是讓楚家以及那些宵小之人得了志？那是他最不願意看到的，他不能讓敵人得逞。

這時楚老爺子從屋裡取來銀票。「這個你拿著。」

洛玉璋搖手拒絕。「老爺子，水瑤走的時候給了我一大筆銀子呢！」

楚老爺子苦笑。「她那點哪夠？這個是我借給你的，如果掙了算你的，賠了就算了，我不能讓楚家的人作孽，這可都是我一手造成的，後果不能讓老百姓跟著承擔。」

洛玉璋點點頭，想到什麼，又問：「老爺子，即便楚家屯糧，那也是江南地區，其他地方今年不也有出產嗎？即便價格貴些，總歸還是有，從別的地方調糧過來，也不是什麼大事吧？」

老爺子拍拍洛玉璋的肩膀。「小子，這你就不明白了吧，江南今年雖然風調雨順，可其他地方卻發生乾旱，雖然消息還沒傳過來，但根據我掌握的消息，西南部受災最嚴重。如果楚家沒有扣糧，你剛才說的就不是什麼大問題，可現在他們有心要這麼做，那問題遲早會爆發出來，因此這事要快。」

洛玉璋一聽，哪裡還敢休息，趕緊收拾行李出發找糧，老爺子也派人陪同，至少保證洛玉璋的安全。

剛才他已經指點了方向，其他就看洛小子自己的本事了，其實他心裡也存著要鍛鍊洛玉璋的主意，水瑤都那麼聰慧，這個當舅舅的肯定也不會太差。

送走洛玉璋後，老爺子回屋伏案，開始給水瑤寫信，有些事他得跟水瑤交代一下。

楚家已經這樣，哪怕是失去祖業，他也要阻止這場陰謀。

楚正鴻進來時，看到父親正埋頭寫信，那股認真勁，他都多久時間沒見過了。

「爹，你在幹麼，這個時候了怎麼還不休息？」

老爺子抬頭看兒子回來了，趕緊招手讓兒子坐下，把洛玉璋說的事情跟兒子提了一下。

楚正鴻一聽就怒了，他跟父親在商場浸淫了這麼多年，怎麼可能不知道這其中的厲害？

「他們怎麼敢這麼做？這不是要置城裡的百姓生命於不顧嗎？他們就不怕逼得老百姓造反?!」

老爺子冷笑。「恐怕這就是他們打的算盤，所以我們不能讓他們得逞！」

楚正鴻著急。「可咱們也沒糧食啊！要不，咱們派人去劫了楚家的糧庫得了，我看沒了這個依仗，他們還敢不敢這麼做！」

老爺子靠著椅背，一副胸有成竹的樣子。「這是早晚的事，這事回頭再跟他們說。」

楚正鴻還想著去找商會的人談一談，卻被老爺子阻止了。

「這些人都是看楚家的臉色行事，咱們都多久沒露面了，恐怕已經沒人會買咱們的帳了，況且就算要說，那也不能你去說，說不定你前腳剛走，後腳就有人要抓你，咱們先等著，估計你岳父也該來了，到時自然就能打聽出一二。」

老爺子還真的預料得挺準，第二天蕭遠山就來了，他也聽說了楚家不賣糧食的事，心裡著急，只能親自過來問問究竟是什麼情況？

「親家，楚家那邊葫蘆裡賣的是啥藥啊？現在外面都開始悄悄議論了，我們倒是還好，畢竟我們有自己的田莊，其他的人家可不成啊！」

蕭家的生意不如楚家，當然他也沒那個機會成為商會裡的核心成員，自然就沒辦法知道楚志清現在想幹什麼。

雖然他跟別人打聽了一下，可也不了了之，只能過來問問這個老親家。

楚老爺子一聽這話，心裡頓時了然，這個親家也不清楚是怎麼回事。

「你啊，趕緊屯點糧食，夠自家吃就行，我猜接下來他該有動作了，家裡那邊也要加強防衛，一旦不賣糧食，你說老百姓該怎麼辦，肯定會出去搶。你那邊的人先借我用用，我打算給那個混賬東西一點教訓，至於怎麼做，還在籌備中。」

聽到要對付楚家那邊的人，蕭遠山舉雙手贊同。這兩年那個楚志清可沒少打壓他，要不然他也不會一直找不到楚老爺子他們，以至於讓閨女受了那麼大的罪，這個仇他還記著呢！

楚老爺子冷笑一聲，咬牙切齒道：「他們一個個都別想逃。親家，但凡跟你有深交的人，都勸勸他們，別學楚志清，做正正經經的商人就好。對了，你有沒有聽說，這楚志清身邊那個男人究竟是什麼身分？」

蕭遠山嘆口氣。「恰好我昨天就打聽到這男人的身分，對外，楚志清說是他的哥哥，但凡他不在場，這個男人可以代表他行使一切權力。不過到現在也沒人弄清楚他這個哥哥到底是什麼來歷，至於楚志清的父母，就更沒人知道了。」

楚老爺子嘆口氣。「親家，團結商家的事情我可交給你辦了，不需要他們幫什麼忙，只要讓他們別跟著添亂就行。」

蕭遠山白了他一眼。「我跟你說，楚志清那幫人這幾年可沒少作孽，得罪的人也不少，就我知道的就有好幾家，能把這些人團結起來，說不定也是一分力量。行了，這事交給我處理，你自己多當心些。」

第一百零一章

兩個老爺子在屋裡談論著楚家的人和事，此刻楚家的人也在討論楚老爺子。

楚志清吞雲吐霧了一番，這才精神十足地跟身邊的男人談論起這事。

宋福德冷眼看著眼前這個男人，要不是主子吩咐，他才懶得跟在這個人的身邊。幸好主子用藥還有他娘控制了這個人，要不然這人得了楚家的財產，說不定就要脫離掌控了，現在看他這副模樣，估計離死期也不遠了。

「放心吧，事情都在我們的計劃之中，其他需要你出面的時候，你再出面。」宋福德道。

楚志清期期艾艾地說道：「那……這東西快沒了，能不能再弄些過來？還有我娘，現在還好吧？」

宋福德給他一個安心的眼神。「放心，你娘現在錦衣玉食，只要你這邊好好的，王爺定能讓她長命百歲。」

話音剛落，外面的人就通報十八姨娘過來了。

楚志清看看宋福德。「那個……我先出去，有事喊我就行了。」

看著剛吸完毒、滿臉興奮的楚志清，宋福德搖搖頭，幸好主子弄了個十八姨娘過來，要不然這爺兩個都他娘的屬狗的。

想到族長那副嘴臉，他心裡不由得暗自腹誹，有什麼樣的老子就有什麼樣的兒子，這話真是一點都沒說錯，嘖嘖，難怪楚家那個老頭養不熟，都是白眼狼。

事實上，這個楚志清就是族長的親生兒子。

這兒子是族長跟外面一個寡婦姘頭生的，楚家那頭根本就沒人知道這件事，除了一個人——族長媳婦。

族長一天到晚就往家裡弄人，這些倒還好，反正這些女人就養在她眼皮子底下，只要不懷孕，對她和孩子也沒什麼威脅，可她作夢都沒想到，這個老色鬼竟然在外面生了一個兒子！

當年她就派人想弄死這娘兩個，也算他們娘兩個命大，逃命的路上遇到了八王爺，那時八王爺就在打江南這地方的主意，對這送上門來的母子兩個自然歡迎，加上謀士在一旁出謀劃策，因此楚老爺子才倒楣中招。

聽著隔壁屋子傳來的呻吟聲，連宋福德都有些按捺不住，下身開始熱了起來，血液也逐漸沸騰。他在心裡暗罵楚志清幾句後，也起身出去找個女人發洩一番。

宋福德以為這邊有他掌控，一切都穩妥，出門時並沒有帶太多的護衛，加上他自己身手不錯，就憑著這點信心，著急找女人的宋福德並不知道，他一露臉就立刻被人給盯上了。

崔武他們這兩天就奉命守在附近，目的就是這楚家宅子裡的楚志清，以及他身邊的那個男人。

據他們所知，這個男人的權力可是在楚志清之上，楚家實際的掌事人，其實也是這個男人。

他們要抓的就是這兩個人，因此一直在暗處等待他們落單的好機會。

崔武不遠不近地跟著，幸好街道上人來人往，幫他做好掩護，要不然他也不能這麼順利的跟蹤宋福德到目的地。

宋福德並沒有去妓院，因為他在外面養了個女人，這樣方便行事不說，也不至於暴露身分，他自以為這事辦得妥當，可有時候聰明反被聰明誤。

他跟女人幽會，總不會讓自己的人在一旁聽吧？所以到了那地方，他讓幾個護衛去旁邊的酒館吃點東西，一個時辰後再過來接他。

崔武看到幾個護衛離開了，心裡大喜，今天總算能有機會抓住這個鱉孫。

徐五從崔武那邊得到消息後，已經帶人火速趕來，看到崔武朝他招手，便上前瞭解情況，接著才分頭行動。

他先派幾個人到酒館那邊守著，務必要拖住這幾個護衛，讓他們沒法過來幫宋福德。

徐五朝身邊的人擺擺手，大家悄悄地繞了過去，從胡同那邊爬上牆，清楚見到院子裡的情況。

只見兩個丫鬟和兩個婆子都守在院子裡，一邊低聲說話，一邊做針線活，看樣子那男人在屋子裡。

徐五朝靠近那幾個丫鬟、婆子的兄弟再擺擺手，迷藥瞬間撒了出去，混在花香裡，朝那四個女人飄送過去。

「咦，這什麼呀？」一個丫鬟比較敏感一些，看到白色的粉末在頭上飛，剛問了一句，人就倒下去。

另外三人還沒反應過來，也靠著石几倒下了。

徐五幾人飛快地進入院子，耳朵都能聽到屋裡傳來的聲音。

「他娘的，大白天就做這事，就不怕讓人給看到？」崔武罵道。

徐五拍了一下身邊的兄弟。「吹迷藥。」

裡面的男人和女人激戰正酣，根本就沒注意到外面的情況，也或許在宋福德的心裡，外面還有四個女的守著大門，就算有什麼情況，只要她們喊一聲，附近酒館裡的手下會馬上趕到。

所以他很放心地投入肉搏之中，女人的嬌喘吟哦更加刺激了男人的興趣，誰也沒發覺窗紙已經被捅破了。

等床上的兩人發覺情況不對勁時，身子已經無法動彈。

徐五立刻帶人衝進去，先把這一對狗男女給綁了，接著讓崔武出去通知江子俊這邊已經得手，讓他們那邊心裡有數。

另一頭的酒館裡，小豆子跟幾個乞丐湧進酒館討飯，那四個護衛正在喝酒，看到幾個乞丐進來了，心情自然就不大好，還沒等掌櫃的說什麼，這幾個人先叫囂起來。

「什麼東西，給爺滾出去！」

說罷起身就開始動手踢打，乞丐兄弟哪裡會讓他抓到，繞著桌子到處跑，接著才趕緊拿著破碗跑了出去。

「唉，這年頭，連乞丐都這麼囂張，要飯也不看看是什麼地方……各位客官對不住，現在沒事了，大家慢用。」

掌櫃適時開口安撫眾人的情緒，那四人坐下來繼續喝，不過這酒已不是剛才的酒，小豆子早就乘機在酒裡下了藥。

幾個乞丐出去後，迅速找了個地方換裝，待裡面這四人倒下，再伴裝是他們的同伴進去把他們帶走。掌櫃的以為他們只是喝醉了，正好他們的同伴找過來，也懶得多問，便讓人帶走了。

徐五這邊不費一兵一卒直接搞定這些人，江子俊這邊卻有些麻煩。

族長和那個三叔爺爺在屋裡談事，但人就是不出來，他接到通知曉得徐五那邊成功了，心裡不免有些著急。

「這兩個人今天怎麼不出去？不行，得想個辦法讓他們兩個一起出去，這樣咱們才好下手。」

青影在一旁出主意。「要不讓人過去說一聲，就說商會的人找他們商量事情？」

江子俊點頭。「這個主意不錯，派個機靈的過去跟他們通報一個假地點，咱們派人在那裡等著，這兩個東西不抓住，容易壞了大事。」

族長聽下人說商會的人找他們談事情，臉上立刻浮現不愉的神色。

「這些人也真是的，都跟他們說好了，怎麼還磨磨唧唧的，不就是少賣點糧食，又不會少塊肉，真夠煩的，還做生意呢，就這點眼光都沒有，難怪一直趕不上楚仁良那傢伙。得，仁和，咱們兩個走一趟吧，這事要是辦砸了，咱們幾個可是吃不了兜著走。」

只有他們兩個清楚，這事是誰吩咐下來的，至於其他人都是聽他們的吩咐辦事，不過這事他們也不敢往外說，那人是誰啊？一旦走漏了風聲，怎麼死的都不知道。

這兩人也不敢耽誤，只想著趕緊把商會裡那幾個老傢伙給搞定，也因此根本就沒有任何懷疑。

據他們得來的消息，楚仁良雖然活著，但是到處被人追殺，現在根本就沒那個工夫來管楚家的事，何況他們也不怕，有八王爺撐腰，誰敢動他們？即便楚仁良回來了，這地方還是他們說了算。

由於地點就在附近，他們連護衛都沒帶，其實也是他們不習慣帶著這麼多人出去，畢竟這些人可不是他們自己僱傭，而是王爺安排的，在族長與楚仁和眼裡，總覺得好像被人監視一般。

再者，這些護衛的態度並不是十分恭敬，他們幹麼還給自己找罪受？所以今天也算他們倒楣，不帶人手，就更方便江子俊他們下手了。

到了約定好的飯館，族長沒見到人，不禁納悶。「這麼急著催老子過來，怎麼這些混帳東西連個影子都沒有？」

楚仁和趕緊在一旁勸。「族長，別著急啊，估計他們是有什麼事情耽擱了，坐下來等等，反正咱們也沒什麼事情。來，點兩道菜，咱們好好喝兩盅。」

江子俊他們進去時，族長他們兩個人還沒啥反應，等江子俊等人一挨到身邊，立刻就被點了穴，兩人想開口說話都難，只能乖乖的被帶了出去。

回去的路上，江子俊都覺得自己好像在作夢一般。

「真沒想到，之前想來想去都覺得有些難度，誰知真的做了，也不過如此。」

青影笑著點頭。「今天也是趕巧了，要不是徐五那邊得手了，咱們這頭可不好對付。也不知道老爺那邊情況怎麼樣了，咱們還是趕緊跟徐五會合。」

接下來他們還有任務，不能耽誤時間，不然會影響楚正鴻和路霆楓那邊的進展。

為了一擊即中，他們這些日子可是預演過很多次，就怕一個疏漏，造成無法想像的後果。

跟徐五他們會合的地點是當年楚家的一間宅子，這屋子年久失修，早已破敗不堪，當年楚老爺子還沒騰出手來修葺，到了楚志清手裡就更不屑管理這房子，如此倒是方便了徐五他們審訊。

人落到徐五手裡，連江子俊都不得不佩服，這傢伙很有一套，那種狠勁兒連他都自嘆不如。

青影饒有興味地在一旁看熱鬧，時不時開口指點幾句。

宋福德就算再強撐，依舊架不住這些人手段狠辣。眼前這幾個人根本就不在乎他們的死活，他不想說，可是身上疼啊，那種疼猶如萬蟻蝕骨，也許死了還比較好，可他偏偏就死不了，他現在連自盡的力氣都沒有。

徐五一臉陰冷的看向宋福德。「這滋味好受吧？你不說，當我們就不知道你是什麼來歷？哼，八王爺也就這點伎倆。」

一聽到八王爺，宋福德的眼睛頓時瞪大。他不知道眼前這人究竟知道多少，不過能說出八王爺，肯定是清楚他們的底細。

看對方有反應，徐五冷笑了一聲。「你們那點小手段，自以為能瞞天過海，其實早在我們的掌控中。不說是吧，那你就慢慢忍著，我倒想看看八王爺訓練出來的人有多大的毅力。」

說罷，他繼續給宋福德加料，這藥性一增加，宋福德就更難以忍受。

這已經超出他能忍受的極限，他不想活了，只想痛痛快快的死，反正事情辦砸了，到了主子那邊也免不了一死，與其那樣，還不如痛快說了，早說早解脫。

想通了的宋福德很快就招供了。「……這邊我只負責楚家，控制資金和糧食，當作提供的管道，順便利用楚家的影響力，掌握江南的商業命脈……在山上，我們還有人馬，這些人負責別處的聯絡，也守護山上密道的出口，這些就不歸我管了，他們只在必要時候過來幫我就行……

「還有，楚志清是族長的兒子，他娘被控制在八王爺手裡……至於八王爺要做什麼，不用我說你們也能猜到，其他的我就不清楚了。」

徐五又追問了一些細節，以及楚家這邊都是什麼人跟他們沆瀣一氣，宋福德也把知道的都說了。

徐五一揮手。「押下去，帶另外兩個人上來。」

族長跟楚仁和這兩人更是不禁打，一下就全部招供，就連家裡藏銀子的地方都說得一清二楚。

徐五讓人先給這三人餵了藥，他不確定以後還需不需要這幾個人，必須暫時先留著性命，等回頭再說。

江子俊聽完了宋福德的供詞，都不知道該說什麼好，他父親和爺爺拚命掙銀子，養出來的究竟都是些什麼東西？

徐五拍拍他的肩頭。「算了，別想那麼多，回頭你想怎麼收拾他們都行，咱們得趕緊進行下一步了。」

下一步需要青影來參與，之前他們就覺得青影和宋福德還有楚志清的身形相似，就是容貌不同，但這難不倒徐五他們，跟水瑤混了這麼久，簡易的裝扮還是手到擒來，雖然做不到十足相似，但只要能混進去，一切就好說。

要想以最小的代價贏得這場勝利，就得靠非常手段來達到目的，所以該準備的，他們都沒漏掉，包括以前那些對楚家情況最是瞭解的下人，他們也都去找了幾個回來，他們對楚家瞭若指掌，進去也方便行事。

裝扮妥當後，幾個人還相互觀察了一下。

「不錯，雖然不是很像，但低著頭進去，也沒人能立即認出來。」

「青影，下一步就看你們的了。」

第一百零二章

接下來就不是徐五的事，他跟江子俊打過招呼後，帶幾個人先離開，他的大部分人手已經跟楚正鴻他們進山了。

楚正鴻這邊情況可不大妙，山上這些人大多身手好，警戒性也很高，潛伏過去還真的不容易。

好在有一部分的乞丐兄弟已經從山的另外一頭繞過去，也就是說，還有一部分人潛伏在這些人居住的上方。

路霆楓和楚正鴻觀察了半天，就等著好時機，看著山上炊煙升起，路霆楓一直緊繃的臉總算露出了笑容。

「行了，你們幾個上去吧！」

幾個乞丐裝扮成樵夫，三三兩兩的順著山路往上走。

對方負責警戒的人很快就把消息傳了出去。

「山下來了樵夫？你們留在這裡守著，我們過去看看，一旦有什麼問題，我們會給你們信號。」

另外一個人還挺納悶。「山下的人都知道這地方不讓人砍柴，怎麼還會有人上來，會不會有什麼問題？」

這事誰也不好說，之前都挺太平的，大家也都知道這地方被楚家買了去，就連這山上的樹木也都是楚家的，是誰這麼不長眼？

有人異想天開道：「或許是剛搬來的，不知道這地方不讓人砍柴？」

不過究竟是不是，只有過去看看才知道。

裝扮成樵夫的這幾個乞丐跟這些殺手一打照面，立刻就打了起來。這些殺手根本就不給人活路，這地方就是禁忌之地，來了只有死路一條。

這些殺手原以為這幾個樵夫不堪一擊，誰知動起手來，根本就不是他們想的那樣，且道路兩旁都埋伏了人手，這些殺手由於輕敵，一時間被打得有些暈頭轉向。

當看見徐五他們趕來，其中一個殺手趕緊發出信號，留守的那些人也都跟著下來了。

徐五他們雖然手段特殊，但在這些殺手身上還真的占不了多少便宜，畢竟如今不是當初在山谷那樣，占著天時地利人和的優勢。他們處在下風處，且還是大白天，有些武器用起來並不是很順手。

楚正鴻看情況差不多，看了一眼山上打出的信號，趕緊喊一句。「快撤！」

「哼，打不過就跑，真他娘的孫子，有本事再過來啊！」有殺手挑釁道。

有人提醒道：「我看還是趕緊回去，這事有些蹊蹺，怎麼突然就有人跑來這裡跟咱們打鬥？回頭派人下山問一下，是不是咱們的行蹤讓人發現了，還是楚家那邊結了怨？萬事小心些為妙，可別壞了主子的大事。」

「我看也是，得跟上面彙報一下，不管是什麼原因，別因為咱們的疏忽大意，讓主子那頭難辦。」

這些殺手打了這麼一會兒，說不餓那是假的，這一上午他們也都在練武，肚子其實早就空了。

回去之後，看著鍋裡做好的飯菜，每人趕緊盛了一大碗。

「對了，你們幾個以後得到山頂上去守著，這樣才能看得清楚一些，至少今天咱們就不會讓人給圍著打。」一個小頭目發話了。

那幾個殺手嘴裡都塞滿食物，只能點點頭。他們也擔心跑掉的那些人會再回來，他們得做好準備。

「今天這飯菜味道怎麼有些怪？」其中一人疑惑地開口。

聞言，其他人舔著舌頭嚐嚐嘴裡的滋味，有人剛想開口，就「砰」一聲倒了下去。

還沒倒下的人終於知道這味道為什麼怪了，可惜慢了一步，楚正鴻一行準備了那麼久，等的就是這一天。

楚正鴻和路霆楓帶著剛才佯裝逃走的乞丐們，再次重返。

「哈哈，總算解決了這幫狗娘養的！」徐五看著倒了一地的人，開心地道。「好了，趕緊把他們綁起來，看看地道出口在什麼地方？」

楚正鴻看著東倒西歪的殺手們，心中頗有些感慨。到底是上了年紀，跟這些年輕人比起來，他們還是少了股魄力，少了那種初生牛犢不怕虎的精神。

他拍拍徐五的肩膀。「今天你們可是大功臣，沒你準備的那些東西，估計咱們得傷亡不少，雖然還是有人受傷，可至少沒有人死，這已經是最好的結果了。」

徐五笑得那叫一個燦爛。「你太客氣了，我跟子俊都是自家兄弟，你們的事也是我的事。」

隨即，他臉色一正。「別看咱們把這些人收拾了，最難的恐怕是後面的事，雖然楚家房產能收回來，可那些產業一時半會兒怕是沒辦法。」

這個楚正鴻當然明白，那些掌櫃、夥計都被換掉不少，雖然地契和房契都在他們手裡，可這些人背後可是八王爺，要想收回，談何容易？

「沒事，我們都有這個心理準備了。好了，咱們去找密道出口吧。」

這找起來還真的不大容易，裡裡外外找了兩遍，都沒找到這個出口在哪裡。

徐五皺著眉頭，一臉不可思議。「不對啊，既然都說在這山上，也不可能是隨便一個地方，至少得有人看著才行，難不成是在其他地方？可這不合常理啊！」

路霆楓也納悶。「按理說應該是這裡，怎麼可能找不到呢？咱們再仔細找一遍，哪怕是掘地三尺，也要找到。」

徐五轉頭看向屋裡，這一排的屋子他們都找過，可出口到底在哪裡呢？

看到屋裡那燒過的鍋灶，他突然想起一件事，抬腳就往灶臺處走。之前他沒注意，現在仔細看，這裡面太過乾淨，根本就沒有燒過東西的跡象。他抬起上面的大鍋，底下露出黑漆漆的洞口，讓他不由得大喜過望。

「找到了，你們快過來看！」

路霆楓聽到徐五興奮的聲音，轉身就往屋裡跑。

外面正在尋找的人也都紛紛湧了過來，看到那個洞口，大家興奮地相互擁抱了一下。

徐五看著洞口，突然叫眾人讓開。

楚正鴻疑惑。「這下面有問題？」

徐五搖搖頭。「我也不清楚，先試探一下，別他娘的下面弄了機關，那下去可就糟糕了。」

路霆楓對徐五的謹慎非常滿意，難怪水瑤能收這傢伙，這頭腦絕對不簡單。

「不如往裡面扔石頭試試？」有人提議道。

其中一人趕緊從外面撿了塊石頭遞過來，徐五讓人退出去，朝裡面扔完石頭也迅速跑了出去。

屋裡傳來「嗖嗖嗖」的聲音，看到從下面射上來的箭，一個個心頭不由得一凜。如果剛才他們衝下去，那死的可就是他們了，暗自慶幸的同時，也都佩服徐五的機智。

楚正鴻也被嚇了一跳。「天哪，真的有機關，還需不需要再扔石頭？」

徐五笑著搖頭。「如果這裡機關重重，他們逃命時豈不是也耽誤時間？估計一個機關就差不多了，不過為了安全起見，還是要試試。」

再次扔了石頭進去，這回毫無動靜。

徐五回頭看向眾人。「我先進去，如果沒有問題，我再喊你們下來。」

跟徐五過來的兄弟可不願讓老大一個人下去承受危險，都不用徐五招呼，看到他跳下去，其他人也都陸陸續續進去了。

在地道前行了一段時間，徐五才看出這個楚志清還真是個奇葩，這地道裡面什麼都有——糧食、金銀珠寶、生活用品，只要能用的，就沒有對方考慮不到的。

「他這是打算在這個地方當老鼠啊？什麼東西都準備全了。」

地道的牆壁上有油燈，一直帶著他們前行，徐五猜測每隔一段時間就會有人進來添加燈油，否則這東西不可能燒那麼久。

他回頭對兄弟們道：「你們在這裡等，我從入口離開，順便告訴上面的人這裡沒問題，可以進來。」

地道修建得挺寬敞的，空氣也流通，比起外面的氣溫涼爽不少，倒是一個避暑的好所在。

路霆楓他們下來時也是同樣的感覺，邊走邊感嘆。「好傢伙，楚家的銀子不會都被這小子拿來修建地道了吧？」

子俊他們。

楚正鴻冷哼了一聲。「他哪裡捨得多花銀子？造孽啊，我猜他們找那些乞丐不是來開墾荒地，其實是來修築地道的，只是後來誰也沒見過這些乞丐，想必已經慘遭毒手了。」

這邊，路霆楓他們順利到達地道的盡頭，另外一邊，徐五安全地撤出，他還得去配合江子俊他們。

說起來這一天，徐五他們這邊的人是最累的，到處奔走。

「啊，這麼快？」江子俊聽到徐五的消息，不免驚訝。

別說是他了，就連徐五都覺得好像在作夢一樣。「哎呀，趕緊結束比較好，不然天天這麼糾結，我的頭髮都快掉光了。對了，青影那邊情況怎麼樣？」

江子俊搖搖頭。「還在等消息呢，我也不知道他找到地道的入口了沒，可惜之前的地道都讓他們給堵死了，要不然咱們也不用費這麼大的功夫。耐心等吧，青影對楚家地形最是熟悉，應該很快就會有消息。」

青影能這麼輕易地帶人混進楚家，還得感謝宋福德這兩年在楚家的超然地位。

雖然大家不知道他是什麼身分，但看楚志清對這人恭敬有加，他們這些做下人的就更不用說了，在這個家裡，楚志清有時還不如宋福德說話好用呢！

因此這也讓青影順利地進入楚家，那些下人哪裡還敢看他的臉，都是伏低做小，青影就這麼大搖大擺的走了進去。

不過在控制楚志清時卻遇到了小小的麻煩，別看這傢伙一副要死不活的樣子，當他看清楚眼前這人是誰的時候，逃跑的速度比誰都快，差點讓他給溜了。

原來地道入口就在楚志清的臥榻下，當看到楚志清跳進地道裡的同時，青影手裡的暗器也射了出去，要不是上面塗了藥，還真有可能讓楚志清這傢伙給逃了。

抓到楚志清後，青影讓手下吩咐院子的人全部集合，他這邊則朝外頭打出信號。

「你看，成了！」

江子俊興奮地指著樹上掛的白巾。

徐五也激動啊，這一刻終於來了，楚家現在就在他們的眼前，能不能奪回，就看最後一擊了。

「全部都蒙上面，迷藥帶好。你們守在外面，你們上牆，你們幾個負責偷襲……」江子俊現在就好比是戰場上的將軍，有條不紊地下達指令。

安排妥當後，他領著人從埋伏的各處衝進楚家。

楚家院子裡，被召集的下人們還挺納悶的，這天都快黑了，主子怎麼突然要訓話了？

青影把地道入口打開，看到路霆楓等人陸陸續續出來，指了指院子裡站著的看家護院及下人。

「我把人都喊出來了，你們可以放手大幹一場了。」

路霆楓咬著牙道：「我一直等著這一天，大夥兒，衝出去！」

院子裡的眾人起先還精神抖擻，可主子一直沒出來，加上外面天氣熱，讓這些人可有些耐不住了。

在他們蔫頭耷腦的時候，院牆那邊的人已經快速往院子裡噴灑迷藥。沒防備的人自然中招，警覺些的大叫一聲「不好」，立刻捂住口鼻，還想著要反抗。此刻大門突然打開，外面的人蜂擁而入，院子裡的護院不乏有身手好的，便跟衝進來的人交起手來，這時屋裡也衝出一群人，兩廂夾擊，就算這些護院功夫好，也禁不住這麼打。也有精明些的想跳牆逃跑，可是這牆外都是人，早就張開了天羅地網，就等著他們往裡面鑽。

楚家大院裡的動靜很快就驚動了四鄰，當然，楚家其他人聽到消息後，也馬不停蹄的趕了過來。

不過楚正鴻他們已經開始收尾了，那些人綁的綁、殺的殺，進到院子裡，都能聞到瀰漫的血腥之氣。

「正鴻？你們可回來了！」

看到門口出現的堂叔伯兄弟，楚正鴻臉上帶著一抹得體的笑，朝大家一抱拳。「各位，好久不見，幾年前我們楚家遭奸人暗害，今天我們又回來了！」

眼前這幾個，楚正鴻不說，他們心裡也都明白，雖然不歡迎楚正鴻幾個回來，可也沒那能耐把這些人弄走。

正說著話，外面突然傳來一陣騷動，圍觀的人很快就讓出一條路來。

看到來人，楚正鴻冷笑一聲，來的果然是官兵，應該是有人趁這個機會報官了。

「喲，官爺，怎麼有空到這裡來了，不知有何貴事？」楚正鴻並不認識眼前這位帶頭的，離開這幾年，早已物是人非。

男人一臉嚴肅的看向楚正鴻。「我們接到消息，說這裡發生了命案，所以過來看看，究竟是怎麼回事？」

楚正鴻打量男人一番，這些人的穿著不像衙門裡的，應該是軍營那邊的人，可照常理不應該是衙門來接案嗎？

難不成是八王爺的人？

他朝對方一抱拳。「大人，這裡是我的家，我不曉得你究竟知道些什麼，不過幾年前，我們一家遭奸人所害，差點沒了性命。這奸人奪我家產，在這裡作威作福，我們今天回來就是要奪回屬於自己的東西，難道這樣也不行？」

男人還沒回話，外面又出現一陣騷動，這次來的就是衙門裡的人，看到縣令帶著官差過來了，現場的某些人心裡暗自得意。

他們倒要看看這個楚正鴻膽子有多大，這裡以前是他的家不假，但既然殺了人，那後果可就不那麼美妙了。

來的人楚正鴻認識，還是之前那個縣令，幾年不見，這人個子沒長，倒是胖了不少，他差點都要認不出來了。

「拜見縣令大人。」

看到楚正鴻，縣令也吃了一驚，不過很快就掩飾住臉上的異樣。「楚老闆，你怎麼在這裡？我聽人說楚家發生了命案，所以過來看看，這一地的血是怎麼回事？」

楚正鴻好整以暇地看著眼前的男人。他們還在這地方時，平時可沒少孝敬他，楚家出事後，這人卻好像什麼都不知道似的，現在他不禁懷疑這個縣令背後的人。

「縣令大人真是貴人多忘事，我們楚家這些年發生什麼事，難道縣令大人一點都不清楚？」楚正鴻笑問。

縣令臉一沈。「楚老闆，你這話簡直莫名其妙，你們這些商戶發生什麼事，難不成本縣令還要一一關注不成？本縣令是問你這一地的血是怎麼回事，還有這屍體，你怎麼解釋？」

楚正鴻冷笑一聲。「怎麼解釋？這些是要襲擊我們楚家的賊匪，我們是正當防衛，還是你認為我們要乖乖等著別人來殺我們？」

縣令皮笑肉不笑的看向楚正鴻。「楚老闆，到底是什麼情況，到衙門裡再說。來人，都給我抓起來！」

第一百零三章

「慢著，誰敢隨便抓人，就別怪我們手裡的刀劍無情！」那個軍官頭領此刻卻開口了。

「縣令大人，楚家是什麼情形，你之前不是不清楚，想必周圍人也都明白，怎麼，他們清理門戶，還需要衙門同意？那之前楚家的事，縣令大人怎麼不為楚老闆出頭伸冤呢？人家只是想收回家業，你就這麼著急忙慌的過來，難道縣令大人跟楚志清是一夥的？」

周圍的老百姓以前得到楚家很多幫助，一看縣令這架勢是要追究楚家的責任，他們可不依了。

「不能帶楚老爺他們走！憑什麼帶他們走？他們打壞蛋有什麼錯？幾年前，這些人一夜之間滅了楚家，別人不清楚，我們清楚，這事楚老爺一點錯都沒有……」

那些平時受楚志清欺壓的族人也在此刻站出來為楚正鴻他們作證。「這些人該死，當初楚家一夜之間被滅門，家裡的主子逃的逃、被抓的被抓，這事縣令大人為什麼不追究？那時楚家的院子血流成河，縣令大人又在哪裡？今天楚家的人回來拿回屬於他們自己的東西，又有什麼錯？這些人都該死，他們才是殺人犯……」

此刻楚正鴻父子倆心裡的感動，已經無法用言語來表達，只能朝眾人一鞠躬。「謝謝大家肯為我們楚家說句公道話，我還是那句話，我們楚家沒做錯什麼，希望大人能明察。」

說完，楚正鴻又朝那位軍官一抱拳。「感謝大人為我們楚家仗義執言。」

男人笑著一擺手。「客氣什麼？本來你們楚家就是正義所為，我就是沒搞明白，縣令大人究竟是用什麼理由來抓楚家的人？這證人和證據可都在這裡，不妨就在這兒開堂審案，也讓我和我的兄弟們做旁聽。」

縣令被眼前這局勢弄得有些下不了台，這院子裡死的人跟他一點關係也沒有，但是他得給主子一個交代啊！

還有，這些軍營裡的人都是從什麼地方冒出來的？

「你們是？」

男人似笑非笑地看著他。「我們是誰並不重要，重要的是楚家的案子。縣令大人，咱們來審案子吧！正好我也想聽聽你這個七品官都是怎麼審的，楚家的事情為什麼到今天你才知道？」

這番話說得縣令的冷汗都流下來了，來者不善啊，看樣子不像是來幫忙他的，倒像是來找茬的。

看對方這穿著和一言一行，不像是假冒的，難不成楚家這邊有人幫他們出頭了?!

「唉，這叫什麼事啊，當初如果楚家能過來伸冤，也就沒今天這事了。既然眼前人證都在，那本官問問也無妨，這樣就更能證明楚家的清白不是？」縣令打著哈哈。

這事情怎麼樣，他心裡比誰都明白，他裝模作樣的問了下周圍的人，順便瞭解了下楚家的案情，只是這證人都是一面倒，他就是有心想偏袒楚志清都找不到理由。

楚家那幾個叔伯兄弟雖然跟族長他們沆瀣一氣，可現在楚正鴻他們回來了，也就是說楚仁良這個老傢伙還活著，說不定就躲在某一處看著他們呢！

大勢已去，他們可不想在這個時候替人出頭，所以全都乖乖閉上嘴巴。不問，他們就不答；問了，就老實回答，跟虛無縹緲的前途比起來，還是性命重要。

縣令也明白今天恐怕沒法治楚家的罪，所有的證據和證人全都向著楚正鴻這幾人，他唯一能做的就是當場結案，再趕緊回去給主子通風報信。

「楚家無罪」的消息讓現場的老百姓一陣歡呼，楚正鴻也朝大家一抱拳。「各位，等家裡收拾好之後，定會請各位街坊鄰居好好聚聚，我們也好久沒見了，說起來也挺想念大家的。」

「好說、好說，你們能回來比什麼都強，這個楚志清在這裡沒幹過什麼好事，連我們這些鄰居都看不過去，但我們也不敢吭聲，他的那些人根本就不講理。」

那軍官看了縣令一眼。「你聽聽，這就是楚志清那個賊人所做的事，這樣的人死有餘辜。縣令大人，我勸你以後也好自為之，有些東西不是你能貪圖的，別做那些丟了西瓜撿芝麻的事情。」

縣令實在待不下去，帶著官差灰溜溜地離開了。

楚正鴻讓看熱鬧的人都先散了，這才有機會詢問這個軍官的來歷。

「我也是收到我外公的飛鴿傳書，要不然怎會知道你們家的事？忘了告訴你，我是五王爺的外孫，我叫孫玉成。」

聽到這話，楚正鴻嚇得趕緊跪下磕頭。

孫玉成一把拉起他。「起來吧！這事大夥兒心裡明白就行，我現在身分還沒公開，你們也別對外人說。還有這個，是我外公讓我帶給你們的。」

紙條是水瑤捎給他們的，簡單明瞭的把事情說了一下。江子俊認得水瑤的字，自然不會懷疑眼前這人的身分。

他把這邊的情況跟孫玉成詳細說了，目前他們沒有什麼可以相信的人，既然眼前這人是五王爺的外孫，且身分還對外保密，應該是可以信任的。

「老爺，供詞拿到手了。」路霆楓把楚志清的供詞送了進來。

楚正鴻父子倆看了一下，然後遞給孫玉成。

「大人，請看，這裡提到了八王爺，且山上的人我們已經都拿下了，這些人該怎麼辦？」

孫玉成看完供詞，心裡不甚平靜，這個八王爺真夠狠的，把楚家全部給掏空了。

「我帶楚志清和那幾個殺手離開，其他該怎麼處理就怎麼處理吧！」孫玉成道。

楚正鴻猶豫了一下。「那官府這頭要是追究起來怎麼辦？雖說我們現在光腳不怕穿鞋的，可如果真的要跟這個狗官抗衡，我們擔心一旦追究起來，楚家鬧個造反的名，那可不是鬧著玩的。」

孫玉成笑了一下。「這個你別擔心，王爺說了，楚家的事你們就全力去做，不必顧忌太多，現在糧食已經是個問題，希望楚家能做到帶頭的作用，不要讓江南百姓產生恐慌，反而中了人家的圈套。另外，新的官員不日就會到這裡，至於這狗官，自會有人來處理，你們不必擔心，王爺和皇上那邊心裡有數，不會因為這事給你們楚家安罪名的。當然，這邊可能還需要你們的全力支援和配合……」

送走了孫玉成，楚正鴻對幾個親近的人也不瞞著，只強調要保密。

徐五恍然大悟。「我說呢，這個人怎麼不怕縣令，敢情要是真論起來，這縣令給人家提鞋子都未必夠資格呢！那咱們下一步是不是該收拾鋪子裡的那些人了？」

路霆楓在一旁接著補充。「咱們這邊也得加強防守，八王爺要是知道他的人折在我們手裡，十有八九會報復，尤其是曹雲軒，這人的實力不容小覷。」

徐五還不忘提醒一句。「楚家那邊的族長是不是該重新選了？要我說，那些人留著都是個禍害。」

楚正鴻一臉正色的看向眾人，這些人都是楚家的功臣，沒有他們的相助，也不可能這麼輕易的拿回老宅，尤其是那個還在北方的小丫頭，如果沒有她去求五王爺幫忙，恐怕今天即便拿下楚家老宅，他們依然逃不了牢獄之災。

「放心，我不會忘記我和我爹曾經遭受過的苦。」楚正鴻堅定地道。

「說得好，就該這樣！」

楚老爺子中氣十足的聲音從外面傳進來，江子俊一臉喜色地衝了出去，就看到老爺子精神十足的跟外公站在外面。

江子俊一頭撲了過去。「爺爺！」

老爺子摟著孫子的肩膀，眼神中都是讚賞和欣慰之色。

「你們都累了一天，你外公讓人送飯菜來了，都先出來吃飯，回頭再說其他的。」

蕭遠山興奮地拍拍女婿的肩膀。「好樣的，這一天我可等了好久，總算能揚眉吐氣一把！怎麼樣，你們都沒受傷吧？」

楚正鴻有些不好意思。「爹，都是他們幫忙的，我也沒出多少力，好在沒多少人受傷，這已經大大超出我們的預期了。」

他們原本都做好損兵折將的心理準備，誰知今天所有事情都特別順利，彷彿連老天爺都在幫他們。

蕭遠山笑道：「不錯不錯，之前我還擔心呢，就怕你們拿不下那些人，畢竟他們的人不少，實力也不弱。小徐子和我外孫是最厲害的，自古英雄出少年，我們這些人真的老了，以後咱們就等著享兒孫福了！」

徐五不好意思的撓撓頭。「老爺子，您老可別這麼說，都是大家一起努力的結果，少了誰都不行。」

楚仁良拍拍手。「說得好。不過你們再這麼誇來誇去，這飯菜可就涼了，咱們邊吃邊說。」

蕭老爺子已經讓酒樓送好幾桌酒菜過來，大家邊吃邊聊，只是大家酒喝得並不多，因為他們知道現在還不是痛快暢飲的時候，後面會發生什麼事，誰都無法預料，他們可不想因為喝酒誤了大事，甚至丟掉小命。

吃完飯，爺幾個按照楚志清交代的地方，把銀票還有值錢的東西都找了出來，至於楚家的人，老爺子則決定「嚴懲」，而且是飯後馬上行動，這也是擔心有些人聞風跑了。

老爺子還真的猜對了，那些跟楚志清穿一條褲子的人已經收拾好家當想連夜離開，可惜還是讓人給堵了個正著。

八王爺收到這個消息時已經是第二天了，看到手裡的內容，八王爺把書房裡的東西都砸了。

「父王，發生什麼事了？」曹雲軒推門進來，就見到一地狼藉加上暴怒的八王爺。

「哼，這幫蠢貨，我完美的佈局都讓他們徹底毀了！楚家那些人回去了，楚志清他們都被人抓了，山上的人也被控制了，楚家現在徹底變成一顆廢棋，還好你把其他的人都召集走了，要不然咱們損失更大。

「雲軒，咱們的計劃恐怕要提前了，楚志清這個人不是咱們的死士，我擔心他和那個族長爹承受不住刑罰，會把咱們都供出來，好在東西都準備得差不多了，只差一個好時機了。」

曹雲軒有些吃驚的看著八王爺。「父王，這是不是有些倉促了？」

八王爺苦笑了一聲。「事情已經變成這樣，還不如我們先發制人，估計用不了多久，皇上那頭就會得到消息了。」

八王爺也在慶幸，幸虧他找了替身出去巡視，要不然真會被這幫蠢貨給害死。

這一夜，八王爺連夜召集人手，商討對策，不停有信鴿從屋內飛出去，帶著不同的消息前往各地。

宋靜雯看著院子裡忙碌的人影，心裡暗自祈禱千萬別出什麼大事，這段日子，兒子和男人都在她的身邊，是最幸福的時光，她希望這樣的生活可以長長久久。

孫玉成也持續往京城飛鴿傳書，傳遞有關八王爺的消息，皇上和五王爺那頭則連夜召集官員緊急部署。

水瑤不知道此刻外面已經變天了，她守在益州城內，每天忙著生意上的事，若不是要處理從各處傳來的消息，這邊一點苗頭都看不出來。

「小姐，糧食漲價了！」

徐倩一買菜回來就看到水瑤坐在案几前，手裡拿著紙條沈默不語。

她疑惑地問：「怎麼了？出事了？」

水瑤回過神來，嘆了口氣。「出大事了，八王爺真的要造反了。」

「這老王八蛋要造反就造反，怎麼還讓糧價上漲了？那些有錢人不怕，可老百姓不成啊，本來就窮，這下可好，更沒銀子買糧食了。」

對徐倩來說，誰當皇上沒什麼差別，她依然是個小老百姓，關起門來過自己的日子，可她最不能忍受的是吃不飽。雖然她跟著小姐，倒還不用擔心這個，可其他人呢？

水瑤長嘆一口氣。「這事可不是咱們一個人就能解決的，首先，我覺得糧食並不是真的那麼緊缺，而是有人蓄意為之，鄉下種地的人暫時還不至於那麼讓人發愁，最讓人擔心的是城裡的那些百姓，這才是關鍵。」

話音剛落，尹士成和蘇蘭兩個人急匆匆地走了進來。「水瑤，妳在嗎？」

看夫妻兩個一頭汗的模樣，水瑤笑道：「你們這是怎麼了，讓人攆了？」

第一百零四章

尹士成邊擦汗邊說道：「跟攆差不多了！外面的情況妳聽說了嗎？八王爺造反了，但我這邊才剛收到消息，南北鄰國同時來犯，這不是著急嘛！上頭已經下令讓我們隨時待命，也要注意地方上的治安。丫頭，妳有什麼高見？我手裡的這些兵真的不夠用，如果調去邊境，根本就起不了多大的用處，我也擔心八王爺的那些勢力都集結在一起，肯定會出大事。」

水瑤臉色嚴肅。「徐倩，妳去把歐陽先生請來，就說我有急事找他。」

歐陽華一進屋，不用水瑤開口，他自己先說了。「是不是外面出大事了？」

水瑤點點頭。「是出大事了。來，坐，咱們一起商量商量。」

得知八王爺造反，歐陽華一點都不覺得意外。「按理說這個人不該在這個時候造反啊？怎會突然有此舉動？」

別說是水瑤了，就連尹士成都一臉不解的看向歐陽華。「歐陽，你這是什麼意思，難不成八王爺造反還是被人逼的？可皇上肯定不願意他這個兄弟造反啊？」

水瑤則一臉笑咪咪的看向歐陽華。「先生高見，是被逼的不假，不過他之前早已有這個心，而且也做了充分的準備，不過就是時間突然提前了，我猜應該是因為楚家的事。」

水瑤簡單地把徐五等人的行動跟大家說了一下。

歐陽華了然的點頭。「他這也是倉促之舉，恐怕準備也沒咱們想像中充分。我聽說邊境有敵來犯，估計也跟八王爺有關吧？十有八九是他許諾了對方好處，土，很有可能是要割讓領土，總之絕對不能讓對方的陰謀得逞，屬於我離國的土地，寸土不讓！」

水瑤一攤手。「歐陽先生，這行軍打仗、部署兵力的事，你應該比較懂，這樣吧，在平叛之前，你先幫著我姨夫，咱們就一個宗旨，那就是儘量能讓老百姓避過這場不必要的劫難。」

歐陽華拍手叫好。「說得太對了，戰爭對老百姓來說絕對就是一場災難，就衝著這點，咱們會儘量讓這場災難的影響降到最小。八王爺是吧……咱們這次也好好的跟他會一會，平時沒機會見到這個人，那咱們就在戰場上論輸贏！」

尹士成被水瑤和歐陽華這一番論調給弄愣了，他以為老老實實的帶兵打仗就行，怎麼看這兩個人的架勢，像是要大幹一場呢？

「丫頭，你們這是一個什麼計劃，我怎麼沒看明白？」

別說尹士成了，就連在座的幾個女人也沒看懂。

水瑤笑著指向歐陽華。「姨夫，這位歐陽先生是個能人，有他輔佐你，或許不久的將來，你也會成為馳名離國的將軍統帥，有些事情你得跟歐陽先生好好的商討商討。」

尹士成突然想起一件事。「水瑤，妳之前讓我買那麼多糧草，是不是早知道會有今天這局面？」

水瑤點點頭。「曹家還有楚家的事情，八王爺都有參與，他想幹什麼不難猜到，金錢他不缺，除非他想要更大的權力，而以他王爺的身分，能覬覦的恐怕就只有皇位了，我這也是未雨綢繆，也幸好咱們早有準備。好了，我去準備酒菜，你們兩個先聊，歐陽先生一定不會讓你失望的！」

以前尹士成還真的從沒跟歐陽華細談過，在他心裡，他不過就是個讀書人，還是屢試不中的那種，再有本事也不過就是吟詩作對，否則也不會混到今天這地步。

可越是跟歐陽華深談，他就越發覺自己大錯特錯，這個歐陽華哪裡只是讀書人這麼簡單？論腦袋和智謀，簡直比他們這些行軍打仗的還要懂軍事，現在他都不得不感嘆，跟這個看似不起眼的人比起來，他還得繼續學習。

蘇蘭不懂水瑤為什麼把自家男人跟歐陽華硬湊在一起，之前她不是沒說過讓尹士成給他安排個活計，不為別的，就衝李玉婉投奔而來，她也得幫忙想辦法。

她記得當初自家男人並不看好歐陽華，可為什麼水瑤信誓旦旦地說這個歐陽華有大才呢？

趁李玉婉不注意時，她還是問出心中的疑惑。

水瑤笑意冉冉。「別看歐陽先生不大擅長科舉，其實他的能力並不在文科方面。這事妳別擔心，能不能行，一會兒妳就知道了，姨夫也不是沒腦子的人，懂與裝懂他還是能看出來的。」

蘇蘭有些惆悵地看向水瑤。「說起來，妳姨夫這個人敢打敢衝，就是缺了點智謀，雖然當官也有些年頭，可一直就沒什麼大成就，當然跟他身邊那些人也有關係，要不然依他的能力，早就能封個將軍，而不只是現在這個職位。」

水瑤並沒多說什麼，尹士成這耿直的個性，得有人在一旁提點，有歐陽華在他身旁當智囊，尹士成就算不想出名都難。

飯菜做好了，蘇蘭便去喊這兩個人出來吃飯，看自家男人開心的神色，她總算是信服水瑤說的話了。

她偷偷地問自家男人。「怎麼樣？」

尹士成伸出大拇指。「高人！回頭再跟妳說。」

飯後，尹士成帶著歐陽華匆匆離開，連自己的媳婦都顧不上。

蘇蘭無奈的看著丈夫的背影。「這傢伙，有這麼急嗎？哪裡差這一時半會兒啊！」

李玉婉笑著搖搖頭。「他們男人啊，一談到正事就什麼都忘了。算了，別管他們了，咱們聊自己的。」

蘇蘭看向水瑤。「丫頭，外面的情況真有你們說的那麼嚴重嗎？」

水瑤滿是愁色的點點頭。「或許情況比我們想像中的還要嚴重，如果不做好應對，這天估計都要翻了，所以姨夫他們才著急，畢竟他是武將，現在最需要的就是他們了。唉，我也不知道以後會怎麼樣，不過咱們身為親屬，怎麼也得全力支持姨夫他們。」

說完，她轉頭望向蘇蘭。「姨，最近他們肯定得忙，妳要是沒人陪，就過來跟我們一起住，這樣姨夫也能放心些。」

對於這個提議，蘇蘭一時也不能給出明確的答覆，她得回去跟自家男人商量一下，其實她也不想扯男人的後腿，住在水瑤這裡，或許會更安全一些。

「小姐，耿三和張二虎要見妳。」李大在這時過來通報。

水瑤一愣，這兩人怎麼在這個時候過來了？不過轉念一想，也就明白了。

「行，帶他們進來吧！」

蘇蘭和李玉婉起身迴避，卻讓水瑤攔住了。「不用，這兩人或許對姨夫那邊能有所幫助，回頭我還得帶他們去找我姨夫呢，蘭姨，正好妳可以陪我們過去一趟。」

原來這兩個人聽到風聲，沒琢磨明白，這才來找水瑤打聽，要是敵人真的要打過來，他們也好帶著家人離開這裡。

水瑤聽完這話，笑了一聲。「普天之下，莫非王土，現在躲到哪裡才安全？難道你們就沒想過趁這個機會建功立業？」

耿三眨巴眼睛，他們兩個都是街頭混混，能建啥功、立啥業？

他苦笑道：「水瑤小姐，妳這話我就不明白了，要說建功立業我也想，可依我們這身分和地位，根本就沒那個機會，誰看得起我們這些人？說難聽點，我們就是人家嘴裡說的無賴，誰敢跟我們打交道？誰又能放心讓我們去做大事？」

水瑤一臉認真的看向兩人。「我現在就有個讓你們建功立業的機會，但你們要考慮清楚，任何富貴都不是從天而降的，你要是不冒些風險和付出點代價，好事也不會無緣無故的掉到你們頭上。」

張二虎眼睛頓時一亮，別的他不懂，但要能洗刷他這個街頭無賴的名聲，他願意。

耿三也對水瑤說的機會起了興趣，誰都想光宗耀祖，以前他沒有這機會，可現在水瑤給他們指了條明路，或許這就是改變他們命運的時候。

「外面的事情你們聽說了吧？那我也不跟你們多廢話，老話說得好，『覆巢之下，豈有完卵』，你們逃到哪裡都躲不了這場災禍，不僅北方，南方也出事了，八王爺準備造反，你說你們能逃到哪裡？還不如一起抗爭。」水瑤指指身旁的蘇蘭。「這位是尹大人的夫人，尹大人掌管著益州這邊的軍隊，我的意思是讓你們跟著尹大人一起，當然我這邊也有些人手，咱們人手合一，就是一股不小的力量，你們好好想想，如果行，那我就帶你們去見尹大人，若不想幹，我也不勉強，畢竟這事有風險。」

張二虎率先開口。「水瑤，我去，大不了二十年後再做一條好漢！」

耿三苦笑了一聲。「你這傢伙沒家沒業的，沒我心思多，既然咱們兩個是兄弟，你要去，我這個做兄弟的不陪著也說不過去。水瑤小姐，一旦戰爭打起來，我家裡的人就拜託你們幫忙照顧了。」

水瑤點點頭。「我也不知道我最終能走多遠，不過只要我還活著，肯定會照顧好你的家人。二位，這事於國於己，都是一件好事，我希望再過幾年，你們會是不一樣的身分。既然你們決定了，那我就不說廢話，我帶你們過去找人。」

得知水瑤和蘇蘭給他們送來兩個人，尹士成沒什麼反應，可歐陽華卻是一拍手，滿是笑意地看向尹士成。

「這下好了，咱們愁的事有人解決了，水瑤可真是及時雨啊！」

尹士成不解的看向他。「歐陽，你是什麼意思？兩個人能解決什麼大事？你是不是想多了？」

「你過去看看自然就明白了。」歐陽華但笑不語。他可不認為水瑤沒事會送兩個人過來，恐怕這兩個也是有能力的人。

張二虎和耿三也不藏私，歐陽華他們問什麼，都實話實說，尤其是自己手裡有多少人。這說出來的數量，聽得歐陽華都覺得滿意。

「水瑤，妳們先回去，我們再跟他們好好聊聊。」

水瑤雖然不知道歐陽華他們是怎麼安排的，但她明白此刻尹士成這邊肯定需要人手，所以才拉張二虎和耿三加入。

這兩人在她眼裡，其實是最好的人選，他們身手不差，不管是維持本地治安還是衝鋒陷陣，只要歐陽華指揮得當，成功是早晚的事。

蘇蘭剛才順便跟尹士成說了要搬去跟水瑤住的想法，尹士成也同意了，於是她先去收拾東西，反正他們剛來，家裡也沒什麼值錢的，收拾一點被褥和行李就可以了。

水瑤派人去給耿三的家人送信，順便讓乞丐兄弟們暗中保護他的家人。

晚上吃飯時，歐陽華他們都沒過來，倒是李大給水瑤帶來一個消息。

「什麼？姨夫他們去見五王爺了？可五王爺不是回京城去，怎麼這麼快又來了？」

李大不確定地道：「估計是時局緊張，他不過來坐鎮，還能怎麼辦？皇上那頭能調用的兵力肯定有限，南北夾擊，再加上八王爺搗亂，想不亂都不成。小姐，要不妳先帶人躲一下吧？」

水瑤搖搖頭。「我不走，舅舅、徐五和江子俊都還沒消息呢，我得在這裡守著，說不定還能幫上什麼忙。」

李大猶豫了一下。「要不把馬鵬他們叫回來吧？」

其實這事水瑤不是沒考慮過，因為能幹的都讓徐五他們帶走了，問題是尹士成這會兒正缺人呢，她要是在這時候把馬鵬叫回來，那豈不是拆他的臺嗎？這事她做不來。

第一百零五章

外面的緊張氣氛，到底還是影響到了家裡這些女人。

歐陽華和尹士成他們自從去見了五王爺之後，就一直不見蹤影，蘇蘭和李玉婉不放心，還去軍營走一趟。

可除了幾個守衛的兵之外，她們兩人連一個人影都沒見到。

水瑤看兩人蔫蔫地回來了，心裡大致也能猜出來。「怎麼，沒找到人？」

蘇蘭長嘆一口氣。「何止是人，連個影兒都不見了！也不知道都去哪裡了，問那個小兵，他竟然說不知道，妳說這事鬧的，我男人還是他們的頭呢，連我這個當夫人的都不知道，讓我去哪裡找？」

水瑤笑著安慰道：「蘭姨，妳別著急，他們肯定是出去辦事了，沒消息就是好消息，要是人人都知道我姨夫的去向，事情可就不妙了，妳們就在家裡安心等著吧！」

徐倩在一旁急切的追問道：「嬸子，那我們家馬鵬呢？他也不在軍營？」

蘇蘭搖搖頭。「他們就更沒影了，估計是跟我們家那口子一塊兒去的。」

水瑤拍拍徐倩的胳膊。「別擔心，一切都會好的，有歐陽先生在呢，他肯定不會讓咱們的人吃虧。」

徐倩現在也說不清是什麼心情，馬鵬之前到軍營，隔三差五還會回來，她至少能見到他，可這一次不同，打仗那可是刀劍無眼的活兒，誰也不敢保證一定不會出事。

再說，他們小倆口成親沒多久，心裡說不失落那是假的，可她也清楚男子漢大丈夫，馬鵬出去其實也是為了他們的家在拚呢！

「小姐，我沒事，只是我都想去幫忙了，也不知道他們現在是什麼情況……」

水瑤也想啊，可惜她沒那個本事，去了只怕會成為他們的累贅。

被女人惦記的男人們，此刻已經跟各處的守軍會合，按照歐陽華的布局，向預定地點開拔。

其實尹士成他們不是不想跟家人告別，可時間緊急，八王爺在北邊的叛軍已經往這邊長驅直入，如果因為私事耽誤了戰局，那死的可就不是一、兩個人那麼簡單。

馬鵬和張二虎帶著人打先鋒，誘敵深入，進入他們的包圍圈，至於耿三，則帶人聯絡下面各地的勢力，跟著五王爺守住最後一道防線，至於益州城裡，則由各級官員和韓灝霆留守。

雖然水瑤坐在家裡，可她消息來源多，彙集到這裡，她總算明白了目前的局勢。

八王爺的手段的確厲害，就算提前發動叛亂，依然沒打亂他的節奏，尤其是他手裡的兵，皇上那邊只截斷一部分。據消息說，皇上派過去的監軍和統帥竟然被叛軍給殺了，也幸好後來調兵過去，圍困住一些人，只是大部分還是讓他們給溜了。

水瑤看到這消息，連連搖頭。「這該信任的不信任，不該信任的瞎信任，這回出錯了吧？唉！」

徐倩端著一盤水果進來。「怎麼了，一大清早的就開始唉聲嘆氣，外面情況不大好？」

水瑤把手裡的紙條遞給她。「妳看看，據說八王爺已經率領三十萬大軍往京城逼近，妳說情況能好到哪裡去？三十萬大軍呢，那可不是一天、兩天就能辦到的事，估計這老傢伙已經籌備許久了，嘖嘖，這回老皇上肯定後悔死了。」

徐倩吃驚的看向水瑤。「那怎麼辦，總不能讓他得逞吧？」

水瑤冷哼了一聲。「三十萬大軍聽起來挺嚇人的，但這些人都是怎麼來的，可就不好說了，想要奪皇位，他還有得等。」

接著水瑤像是想到什麼，問道：「現在外面糧價如何？」

徐倩滿臉愁容。「一天一個價，問題是還有好多商家不賣糧食了，城裡人心惶惶，已經有不少人離開，下一步還不知道會怎麼樣呢！」

水瑤猶豫了一下。「通知李叔，讓他給我送拜帖，我要去見韓灝霆。」

對於水瑤的來訪，韓灝霆並不覺得意外，因為從爺爺的嘴裡，他早就知道這小姑娘腦袋聰慧，也有責任感。

尤其是老爺子臨走時留下的話——有問題可以去找水瑤這小姑娘一起商量，或許她可以給你不一樣的驚喜。

現在他坐鎮益州，統管中州以東之地，目前城裡的形勢已經讓他束手無策，因此水瑤的拜訪恰恰讓他看到希望。

見到韓灝霆，水瑤也不跟他打機鋒，直接就拋出現在的問題。

韓灝霆苦笑了一聲。「水瑤，妳說的事正是我發愁的，如果城裡的人都逃走了，那京城方面的壓力會更大，但我又不能硬綁著不讓人離開。我身邊的謀士想了許多辦法，我都覺得不妥，妳有什麼好主意，快跟我說說。」

水瑤一臉正色的看向韓灝霆。「他們為什麼要離開？無非是覺得這個地方讓他們沒安全感，因此想要尋找一個更可靠的地方投奔，而關鍵的問題，是什麼讓他們沒安全感呢？首先就是糧價，不僅糧價漲得玄，最重要的是很多人已經買不到糧食了，這才是大家最恐慌的原因。」

韓灝霆無奈地道：「我也想弄到糧食，可是我沒有啊！」

水瑤把準備好的一張紙遞給韓灝霆。「這裡就有解決的辦法。這個時候就別講什麼道理不道理，非常時期用非常手段，如果覺得心裡過意不去，就先記帳，等我們勝利了，再重新算帳。還有下面那一條，我沒這個力量，但你是五王爺的長孫，憑藉你這身分、地位，想巴結你的富人很多，現在也應該好好利用一下，不然你說你爺爺留你在這裡做什麼？就是用你的身分壓制他們、管理他們。」

水瑤不是沒看到韓灝霆臉上一閃而過的猶疑，她心裡暗自感嘆，五王爺這個人還真是治家有方，看來平時對家裡子孫管教很嚴。

「當斷不斷，必受其亂，現在情況複雜，由不得我們多想，反正我們不是做傷天害理的事情，我們是為了城裡的老百姓著想，雖然會損害一些人的利益，但是我們會讓大部分的人受益，況且我們也不是謀害人命，只要讓他們服從大局。」

其他的她也不再解釋，都是皇家子孫，這頭腦和心機自然不簡單，興許就是缺少一份歷練吧！她只需要煽風點火，想必這個韓灝霆定然能想明白。

韓灝霆當然心思通透，想明白其中的關鍵，立刻答應嘗試。畢竟不嘗試不行，沒有穩固的後防，他爺爺在前面就白努力了，一旦這邊亂了，那後果會怎樣，他都能想像得到，所以他必須盡快實行。

水瑤順便補充一點。「大公子，有時候你也別小看女人，好比那些官夫人，她們交際圈廣泛，這些人如果利用得當，那也是一股不可小覷的力量。我不敢說女人能頂半邊天，可這些人管理後宅的能力，那都是有目共睹的，女人考慮的事往往比男人更細，要是遇到幾個有魄力的，連男人都不一定能比得上。」

韓灝霆被水瑤這麼一指點，又陷入沈思當中。在他們的眼裡，女人不過是傳宗接代的工具，只要伺候好孩子、照顧好家裡和老人就行。

可水瑤這一番話，徹底打通韓灝霆的思路，甚至這傢伙還能想到更多。

看韓灝霆愣了神，水瑤喊了一聲，這才讓眼前人回過神來。

韓灝霆頭一次覺得自己挺失禮的，在小姑娘面前還會走神。

水瑤道：「行了，回頭你再想想吧！我手裡還有一點糧食，大夥兒努力湊一湊，肯定能度過眼前的危機。我先回去了，有什麼事情咱們兩個再商量。」

徐倩等在院子裡，看到水瑤出來，急切地問：「怎麼樣？事情辦好了？」

水瑤笑著點頭。「行了，咱們回去吧，有什麼事情他自然會派人來找咱們的。」

兩人剛出門，就見李大已經等在那裡。

「小姐，徐五他們捎來消息，楚家的叛徒已經解決了，不過八王爺這一叛亂，他們暫時無法離開了，他說那邊比咱們這裡還亂呢！」

水瑤看完信上的內容，臉上擔憂的神色漸濃。雖然信上說得不多，但他們所處之地，很明顯就是八王爺的勢力範圍內，即便有幾個還忠於皇上的官員，可也於事無補。

他們留在當地，比這裡要危險多了，那就是個狼窩啊！

「送信來的人在哪裡？我要見見他。」水瑤立刻道。

「在家裡休息呢，跑那麼遠過來，的確是不容易。說來江少爺他們也是怕妳擔心，所以一有結果就立刻派人給咱們送信來了。」信鴿根本飛不了那麼遠，只能派人親自跑一趟。

水瑤回去時，送信的人還在休息，看來的確是累壞了。

等人醒來，瞭解完情況，水瑤獨自坐在書房裡半天都沒動靜。

徐倩擔心地敲門而入。「小姐，喝點水吧。徐五他們那邊真的挺難辦的，要不……讓他們暫時撤回來吧？那地方對他們來說既陌生也不適應，又遇到這樣的情況，還不如等以後慢慢解決，先保住命才是要緊事。」

水瑤長嘆一口氣。「我也想，可依照目前情況，他們就算想回來也回不來了。」

楚志清他們被抓，群龍無首不說，各自為政，想怎麼幹就怎麼幹，楚老爺子他們只能應孫玉成的要求，出面穩住大局。

好在孫玉成直接擊斃那個投靠了八王爺的頭領，現在他變成這地方軍隊的最高統帥，有他的保證，楚老爺子他們的行動也會順利一些。

另一頭，老爺子出面主持商會之事，江子俊他們則負責四處收復楚家的產業，當然，這其中不是沒遭到對方的反抗。

可惜對方碰到的是徐五和江子俊這兩個根本就不按常理出牌的年輕人，他們有勇氣、有智慧也有手段，收回產業的速度比他們想像中要快得多。

另外他們還有一項任務，就是尋找援兵。

畢竟南方這邊大部分地區都淪為八王爺的勢力範圍，孫玉成苦守的那個地方如果沒有援兵相幫，很快也會淪陷，所以他們必須想辦法找人結盟。

「你說這老皇帝都是怎麼當的？人家都在他眼皮子底下搞出這麼大的動靜，他竟然一點準備都沒有，難怪那老混蛋要造反，遇到這麼一個糊塗的皇上，不造反要幹麼？」徐五憋屈啊，幫忙也要看幫誰，幫皇上他是老大不願意，可他又不願意幫八王爺，所以只能委屈自己忍耐，偶爾發發牢騷。

江子俊摟著徐五的肩膀，嘆了口氣。「希望這次老混蛋別得逞，皇上那頭也能受到教訓，要不然咱們以後可真的有苦頭吃了。」

徐五苦笑一聲。「我也就是看到目前這局勢，心裡覺得憋屈，發發牢騷罷了。行了，大家一路奔波也辛苦了，先找個地方住下，好好休息，明天繼續。」

「先等等，等咱們的人打探回來再找客棧。」江子俊剛才已經派人去打探一番，他們這一路過來，動靜有些大，尤其是到了陌生的地方，他們的行蹤可不能暴露了。

徐五累得一屁股坐在草地上。「不會吧，雖說是老混蛋的勢力範圍，可我估計那些人都往京城那邊去了，留下來的人肯定不會多。」

江子俊拍拍他的肩頭。「小心駛得萬年船，尤其是這個時候。別忘了，咱們的人手不多，萬一遇到敵方，就怕咱們只有吃虧的分。」

要是跟正規軍對上了，江子俊並不認為他們有這個實力和對方互幹，因此還是謹慎點為妙。

探子回來報告的消息，連徐五都吃了一驚。

「啥，你說前面的客棧住了一個戴面具的人？」

探子點頭。「是，而且他還帶了些人過來，聽說客棧的上房都被他們包下了。我聽說過那個殺手組織裡的頭兒常戴著面具，所以知道消息後就趕緊回來稟報。」

徐五抬頭看向江子俊，饒有興味地問：「我說兄弟，客棧裡的面具男到底是哪一個，左右護法還是那個曹雲軒？」

江子俊興奮歸興奮，可這事他也不好說，畢竟左右護法他沒見過，只聽父母提起過。

「管他是什麼護法還是曹雲軒，既然碰到了，咱們也不能白走這一趟，去了自然就能清楚究竟是誰了。大家先在原地休息，徐五，你喬裝一下，帶著幾個人過去客棧住店，我帶人在外面守著，到時候咱們再一起動手。」

第一百零六章

徐五趕緊擺手。「還是你去吧，你裝扮得比我像，我在外面配合就好。」

不是徐五不想去冒險，而是他自認沒有江子俊細心，尤其是這傢伙的扮相，裝什麼像什麼，他這身形和臉蛋是真的沒法比。

江子俊裝扮出來後，連徐五他們都忍不住笑了。

「你這傢伙怎麼裝扮成這樣？」

面對大家的嬉笑，江子俊只能無奈的聳肩，不無抱怨道：「我能怎麼扮？要是個男人，這些人肯定會警覺，或許還會盤查，那我還不如假扮成女人，還可以迷惑一下敵人。欸，都不許笑，我堂堂一個大男人扮成女人，容易嗎？」

看江子俊這一身扮相，再加上這張臉，的確能迷惑敵人。徐五強忍著笑，拍拍江子俊的肩膀。「兄弟，難為你了，行了，趕緊出發吧，多帶幾個人去，誰說女人身邊不能有護衛？」

江子俊他們坐馬車來的時候，正巧碰上左護法帶人出去辦事。他看到那個戴面具的男人，必須強忍內心的衝動，才不會撲上去殺了那個人。

他聽父母提過，這種面具專屬於那個殺手組織裡的左護法，這些手下的打扮和穿著，也跟當初他們在山谷突襲的那些人沒什麼區別。

左護法雖然帶著人離開，可還留幾個人在這裡，畢竟晚上要在這客棧休息，對這客棧所有住客，他們都會仔細觀察。

那幾個殺手看到馬車上下來一個女人，雖然沒吱聲，不過還是躲在暗處觀察了好一會兒。

江子俊走進客棧房間，心裡暗自琢磨，這個左護法怎麼會在這裡出現？那是不是代表曹雲軒也在附近呢？

他喊來外面的護衛，低聲交代了幾句，然後故意大聲抱怨道：「我要吃水果，你去給我買！」

由於江子俊是捏著嗓子說話，連護衛聽了都渾身起雞皮疙瘩。「行行行，我這就去，小姐，您等著。」

外面監視他們的人聽到這句話，連連搖頭。「這小姑娘長得雖不錯，可惜這脾氣卻讓人不敢恭維，一看就是個沒家教的孩子。這麼大的姑娘，怎麼會一個人上路，真是搞不明白。」

另外一個人道：「哎，有什麼不明白的，主子這麼一搞，天下大亂，能逃就逃唄，估計這女人十有八九是逃出來的，要不——」

旁邊的人倏地打斷他的話。「你給我老實點，要是讓主子知道我們惹了亂子，壞了主子的大事，你有幾個腦袋？也不知道左護法這次去能不能辦好，要我說，這次就給他們來個一網打盡。」

另一頭，徐五那邊派出去的人很快就有消息傳來。

「老大，他們真的是去楚家的鋪子，不過他們在裡面說話，我們聽不見，也不清楚他們想做什麼，我已經讓人繼續留在那裡了。」

徐五皺眉，坐在地上沈思著。

江子俊說這些人有可能是衝著他們來的，看來還真沒猜錯，想在鋪子裡埋伏人手？哼，那也得看看他們有沒有那個本事！

想到這裡，徐五騰地一下站了起來，開始分派人手行動。

也的確如江子俊所料，左護法今天果真是衝著徐五他們來的。

之前楚家的產業本來歸八王爺的人經營，現在這些人死的死、逃的逃，得到消息的曹雲軒怎麼可能善罷甘休？

還有一個曹雲軒說不出口的原因——之前他對自己頗有自信，娘也經常誇讚他是最好的，王府的那些子嗣，他還真的不怎麼放在心上。

況且發動叛亂的時候，八王爺尚未做好準備，他以為京城裡的那些兄弟姊妹都沒逃出來，畢竟皇上也不可能讓那些人活著吧？因此他一度以為此後他就是八王爺唯一的兒子了。

可事實卻出乎他所料，那些人竟然逃了出來，這讓曹雲軒坐立不安，他怎麼一點消息都沒得到呢？

而且那些平時看著只喜歡吃喝嫖賭的紈袴，到這裡全變了個樣，行事作風和處事能力絕不在他之下，這讓曹雲軒頭一次感到徬徨、害怕。

如果這些人之前都是裝的，那也太可怕了。

這時候恰巧碰上江子俊和徐五兩人風頭正盛，八王爺雖然沒有多餘的精力來管這事，可也架不住他對楚家人的憎恨，畢竟就是因為這些人，才讓他倉促起事，且還打了他一個措手不及。

所以當八王爺提出要消滅楚家人時，曹雲軒就站出來了，他對這些人還算瞭解——雖然打交道這麼久，一直都沒怎麼占上風。

不過他本人並沒親自上陣，而是由左護法代勞，畢竟他還要留在八王爺身邊刷刷存在感，尤其是這種關鍵時候。

就因為之前總是失利，所以左護法這次非常小心謹慎，跟這邊的掌櫃密謀了半天，才留下幾個人手，然後帶人回到客棧。

自以為安排妥當的左護法帶人回來之後，先聽取留下的那幾個人的彙報。

「今天進來和出去的人，我們都觀察了一下，沒什麼大問題。下面住了一個小姑娘，模樣長得挺俊俏的，身邊帶的四個護衛不怎麼樣，個個像弱雞似的，還有兩個商人模樣的人住進來，身邊帶了小廝，之後就再沒有人入住了。」

左護法想想也是，這地方在城郊，也不是多顯眼的客棧，有點銀子的估計都去城裡住了。

「好了，先弄些酒菜上來，讓大夥兒都解解乏，不過別喝醉了，一旦對手來了，咱們還得幹活呢！」

吃完飯，左護法躺在床上卻睡不著了。不是他不累，而是樓下那叫床的聲音簡直是不避諱人嘛！

「來人，下面住的是什麼人？到底是怎麼回事？」

別說左護法聽到了，就是外面的守衛也都豎起耳朵偷聽，誰教這聲音……真他娘的銷魂！

「左護法，下面的住客去妓院找了個姑娘回來，包夜的，所以……就成這樣了。」

左護法聽完，心裡不由得直冒火，他們這些大男人一天到晚打打殺殺，不是不想女人，而是沒那個時間和機會，這下倒好，走了一路，想要好好休息一下，下面的人卻成心不讓人入睡！

左護法不禁起了壞心思，站在樓上使勁跺著樓板，下面激戰中的男女差點沒被上頭的動靜嚇死。

男人從女人的身體裡撤了出來，嘴裡還不忿地朝樓上咒罵。左護法起先還不想理會，畢竟這兩天要做大事，可架不住那個男人不依不饒。

他一怒之下，衝到樓下，看到男人那熊樣，連話都懶得跟對方說，上去就是一拳，男人的身體也弱，直接就被打暈了。

看到床上的女人，左護法壓下的邪火又再次竄了上來。

他把男人扔出去，讓手下的人綁了，他則一頭撲向那個女人。

江子俊在隔壁聽得真真的，心裡還暗自罵了兩句。一個畜生倒下，又來了一個，他娘的都是蛇鼠一窩。

左護法發洩完了，也不虧待手下的兄弟，讓人輪流來，他則心滿意足的回屋睡覺。

這些殺手興奮地排著隊，樓上的監視自然就疏忽了。

左護法酒勁一上來，睡得比豬都死，哪知道窗戶外站了一個人。

第二天，這些殺手醒來時，這才發覺全身都動彈不得，再看看四周，全都傻了——明明他們昨天是睡在客棧裡，怎麼現在卻跑到荒野上來了？

「哎，這是怎麼回事？左護法呢？」

有些人四處張望，見周圍都有人守著，這時候再搞不清楚是怎麼回事，這殺手也別當了。

想明白這一切之後，這些人開始互相埋怨。「昨天明明有人負責警戒的，怎麼會出這樣的事？」

負責警戒的人也冤枉，他們怎會知道才剛上完那個女人就遭到偷襲了？

此刻，被殺手們惦記的左護法渾身是血地被人綁在樹上，身上爬滿了螞蟻和蜜蜂，苦不堪言。

這些還不算什麼，徐五看向左護法，從竹筒裡挾出螞蝗往左護法身上的傷口處放。這東西如果進到身體裡，即便僥倖活命，估計也活不了多久。

「別，我求你們了，給我一個痛快吧——」此刻左護法就算再想要忍，也忍不住了。

徐五挾住螞蝗，抬頭看了左護法一眼。「把你知道的都說出來，不然你就等著痛死吧！」

此刻江子俊心裡格外舒坦，看這些人流血受罪，他有一種無法言喻的痛快感。「快說，不然下一個是什麼，可就難說了。」

徐五在一旁幸災樂禍的解釋道：「我倒是可以跟你透露一下……你看到那匹馬了嗎？不說實話的話，我就讓馬捅爆你的菊花。」

聽到這話，左護法屁股一緊，冷汗都流了下來。眼前這人還是人嗎？怎麼想的都是魔鬼的主意？

他不敢挑戰徐五的底線，即便要死，他也想有尊嚴的死。

他狠狠瞪向徐五。「算你狠！行，你想知道什麼，我都說。」

徐五審問的同時，江子俊就在一旁記錄。說起來這個左護法也不是曹雲軒的人，應該說他是八王爺安排在曹雲軒身邊監視他的人，而曹雲軒就是八王爺和宋靜雯所生的私生子。

雖然之前他們隱隱約約有猜到，可當真相真的被揭開了，江子俊都替曹家那個老頭悲哀。

當左護法說出八王爺後面還有援兵時，兩個人都驚呆了。

「援兵？那三十萬不是他的全部兵力？」

左護法輕蔑地看了徐五一眼。「誰說這就是八王爺所有兵力？那只不過是你們自己的猜測。他都準備多少年了，這三十萬有很多是地方軍，還有從皇上那邊拉過來的人馬，他真正招兵買馬的人還沒到位呢，一旦京城裡的守備軍對上這些人馬，就算以一擋十，也不夠用……」

隨著左護法交代的越來越多，徐五和江子俊兩人的心頭重擔也越來越重。

如果真的像左護法所言，那以後的戰爭只會更加殘酷猛烈，問題是他們不清楚皇上那邊究竟會怎麼應對？

該說的左護法都說完了，隨後他閉上眼睛。「給我一個痛快吧！」

對於他的要求，徐五和江子俊倒是沒有異議，該折磨的已經折磨完，該知道的他們也都知道了，留著這個人已經沒啥用處了。

江子俊提刀走過去，看向左護法。「你作惡太多，不過看你還算是條漢子，我給你留個全屍，下輩子別做殺手，殺人者最後都會被人殺。」

一刀下去，左護法眼中帶了一絲感激，緩緩說道：「謝……謝……」

看左護法嚥氣，江子俊嘆了口氣。「我實在不明白，這些人為什麼會做這一行，難道做個普通人不好嗎？」

徐五拍拍他的肩膀。「人各有志，勉強不了，或許是為了錢，也或許是為了虛無縹緲的權。算了，死一個就了卻一份心思，剩下的人我來解決。」

剩下的殺手不能放過，不然他們還會繼續助紂為虐。

有了左護法身上這塊腰牌，江子俊他們解決鋪子裡的那幾人簡直是輕而易舉，那些為他們準備的天羅地網也沒了用武之地。

由於他們得來的消息實在太重要，所以江子俊立刻捎了一份給孫玉成，另外一份則火速讓人送去給水瑤。他們在這邊沒有自己的兵力，希望水瑤能轉達給五王爺。

江子俊還有另外一層擔憂，那就是他們並沒有能跟八王爺抗衡的軍隊。

他突然想到什麼，看向徐五。「要不動用你手下的兄弟，招攬一些街頭乞丐？」

徐五白了他一眼。「你可真會想！你以為到街上要飯的都是年富力強的？那些都是老弱病殘，我手下這些也是培養了很久，你別以為這事有那麼容易……」

突然，江子俊想到了一個辦法，忍不住自己先笑了。「得，我知道該怎麼做了。」

說罷，他趕緊去寫信。徐五不禁好奇，不知道江子俊想到了什麼主意？

其實另一頭的水瑤也跟江子俊想到同一件事，他們這邊城裡也沒幾個守衛，所以水瑤就出了個主意，召集所有大戶人家的看家護院和護衛，這一下徹底打開了韓灝霆的思路。

別說這些人，就說這鄉下人，都是一把子力氣，雖說沒打過仗，可要是好好訓練，說不定也是一把好手。

韓灝霆隨即下令，下面的各州縣召集人手，不論男女，只要有力氣、身體好的都行，哪怕是自己成立護衛隊保護村子或進城維護治安都可以，當然，不會讓他們做白工，官府這邊會適當地給一些工錢。

第一百零七章

水瑤聽到這消息之後，笑著搖搖頭。「這個大公子還真是個人物，難怪五王爺會把他放到這裡，不錯不錯。」

徐倩在一旁邊縫著衣服邊說道：「別說這些人，就連蘇嬸子她們都出動了，天天去參加什麼聚會，說服那些貴婦人捐錢、捐物，沒能力的也可以讓家裡的下人出來幫忙。現在大街上可熱鬧了，那些之前不賣糧食的鋪子都開始賣糧食了，又恢復到原來的價格，蘇嬸子現在跟那些官太太可忙活了……」

看看臉蛋變得些許圓潤的徐倩，水瑤現在有些成就感。馬鵬和徐倩已經有了他們的小寶寶，等到勝利了，馬鵬就能看到自家孩子了。

想到徐倩說的那些，水瑤也坐不住了，趕緊起身給江子俊和徐五寫信，把這邊的經驗跟他們分享。現在她沒那麼多人手可幫他們，唯一能做的就是幫他們出點主意。

才剛寫完信，韓灝霆就過來了，水瑤不禁猜測是否出事了，否則這個大公子不會挑在這時候過來。

韓灝霆也不跟水瑤囉嗦，直接說明他的來意。

「水瑤，妳得幫我一個忙。有隊叛軍從另一處過來，還聯合幾幫土匪，一路上燒殺搶掠，我得帶人走一趟，只是這邊知府和縣令才來沒多久，有些事他們還不上手，必須要請妳幫忙監督一下，妳是我最相信的人，有妳在，我才能放心出去。」

「可你目前手裡也沒多少人啊？」這才是水瑤最關心的，就怕韓灝霆過去了，人卻回不來。

韓灝霆苦笑了一聲。「目前已經這樣了，我只能帶耿三和那些看家護院過去，留一部分人守城，不然我擔心遲早會出大事。」

水瑤嘆口氣。「行，那你早去早回。對了，我這邊才準備好一些東西，希望能幫到你。你跟我來。」

水瑤把工匠們改良的爆竹拿給韓灝霆，這東西方便攜帶不說，威力也比一般爆竹大很多。

看到這東西，韓灝霆頓時信心滿滿，心滿意足地帶著東西離開。

第二天一早，水瑤就依照委託到現場監督，雖然她也做不了什麼，可人在現場，至少這心裡是踏實的。

「丫頭，妳怎麼來了？」

蘇蘭她們剛好來給城門上的守衛軍送吃的，看到水瑤從上面下來，不禁吃了一驚。

「蘭姨，我過來瞧瞧。」

蘇蘭看看四周，把水瑤拉到一旁，問起韓灝霆的去向。

水瑤笑笑，低聲道：「可不就因為這個，我才受他拜託過來看看的。你們平時沒事也讓周圍的人多注意一下，就怕有奸細混進城裡，一會兒我也會跟守城的人多提醒。」

「就是，這可要小心一些。好了，妳去忙吧，回頭咱們有的是時間聊。」

其實蘇蘭還想問問自家男人那邊的情況，畢竟尹士成一直都沒消息，她也不好意思找韓灝霆問。

水瑤何嘗不知道這些女人是怎麼想的，這裡面可有不少軍眷呢！她拍拍蘇蘭的胳膊。

「回頭妳跟大家說，沒有消息就是最好的消息，有姨夫和歐陽先生在，肯定不會讓大家失望的。」

別人說這話，蘇蘭或許會懷疑，可水瑤說的話，莫名就讓人覺得心安。蘇蘭了然地點點頭，領著其他婦人先去幹活。

也不知道是否因為韓灝霆離開的消息洩漏出去，果然就有奸細混進來，當天晚上城裡各處出現騷亂，有幾處地方莫名其妙都著火了。

幸好夜間四處都有人巡邏，沒造成太大的損失，可到底影響了人心。第二天，大家都在談論這事，每個人心頭都籠罩了一層陰影，有人甚至已經做好了要撤離的準備。

水瑤知道這事後，趕緊跟知府和縣令商量，最重要的是先穩定人心，至於搗亂的人，務必徹查。

官府這邊則祭出懸賞，不管是誰，只要發現形跡可疑的人都可以過來舉報，只要是有用的線索，都能獲得獎勵。

這既是一種穩住人心的辦法，也能讓老少都參與這件事。

官府每天都會接到類似的舉報，當然也抓到了幾個可疑分子，但都不是這起事件的凶手。

這件事一直沒結果，讓縣令心裡很不安。韓大公子離開時，可是把這裡的安全都交到他們手上，如果這裡出事了，他沒法交代，也會辜負對方的信任。

「水瑤姑娘，下一步咱們該怎麼辦？這該查的都查了，可依然沒有找到那個人。」

看縣令著急的模樣，水瑤滿意的點點頭。「益州這麼大，想要藏幾個人並不難。大人，今天晚上派人埋伏在糧倉附近，說不定晚上就有人上鉤了。」

縣令莫名其妙地看向水瑤，眼裡的懷疑毫不掩飾。「這糧倉裡的糧食不是都已經轉移了？」

水瑤笑笑。「這轉移的事只有咱們自己知道，外人可不知道，我已經放出消息，是人是鬼到時候自然能見分曉，你按照我說的去做就好。」

縣令就算再懷疑，可他還記得大公子說過的話，便匆匆下去準備，城門那邊的人手不能調動，他只能從巡邏隊裡抽調人手。

他不知道的是，水瑤已經暗中準備了一些人，這些都是從乞丐中挑出的第三隊人手。

至於消息，她已經透過百姓都會去的澡堂發出去，連那間首飾鋪子她也派人盯上。

起初她以為那裡只是一個傳遞消息的地方，可是城裡接連出事，不得不讓她想起那間首飾鋪子。

傍晚時分，李大通報有人要見水瑤。

「讓他進來吧。」

來的是一身乞丐裝扮的男人，年紀稍微老一些。

「姑娘，那間首飾鋪子的人已經出去了，我們也派人跟上去。那鋪子裡還突然多出不少人，平時並沒那麼多夥計。」

水瑤笑著點頭。「謝謝老伯，您先下去休息，我已經安排好飯食，其他我來處理，您不用擔心。」

對水瑤的客氣，老乞丐很受用。

徐倩看水瑤要出去，趕緊道：「小姐，我跟妳一起去吧！這大晚上的，我可不放心。」

水瑤顧慮到徐倩的身體，可徐倩死活都要跟著。

「人家大肚子的都還在地裡幹活呢，我連身子都還沒顯懷，不要緊！」

水瑤攔不住徐倩，只能讓她跟著，反正到時讓她跟李大坐在車裡就好。

還沒等他們靠近，前面已經打起來，水瑤的心也跟著提了起來。

徐倩這傢伙也不老實，別看她懷了孕，可這動作快過腦子，還沒等水瑤發話，她已經衝了出去。

水瑤和李大只能跟過去看看，好在他們有提前準備。

徐倩雖然過去了，但也不是一味的向前衝，畢竟要做娘了，她得為孩子考慮，況且她還要等著孩子他爹回來呢！

徐倩在一旁偷射暗器，不過她發現這麼做的並不止她一個人，似乎還有幾個人躲在暗處幫忙，這暗器什麼樣的都有，這準頭也讓她連連點頭，看來這些看家護院的人身手還真是不錯。

只是徐倩判斷錯了，這些發暗器的人並不是什麼看家護院，都是水瑤臨時找來的，這些人就是她的暗棋，好在還管用。

打鬥很快就結束了，傷亡不算大。看到水瑤走過來，那個帶頭的男人不由得驚呼——

「是妳?!」

水瑤滿是笑意的看向對方。「掌櫃的記性還真是好，我只去一次，你就記住了，不過再好的記性也沒用，助紂為虐的人早晚都得伏誅。」

隨即她面色一冷。「帶回去好好審問，看看還有沒有同夥。」

縣令見到水瑤來了，心情彷彿大熱天喝冰水一般舒爽。「水瑤姑娘，幸虧有妳，不然我們還抓不到這些內奸呢！」

水瑤點點頭。「他們應該是八王爺那邊的人，看看這城裡還有沒有他們的人，一個都不能放過。」

這時通報聲由遠而近傳了過來。

「報——大人，城門處出現一隊人馬，已經開始攻打城門了！」

水瑤還沒開口，徐倩先罵了一句。「這還有完沒完了?!」

縣令趕緊召集人馬往城門那邊趕，水瑤此刻也不能回去了，只能帶著徐倩和李大一起過去看看。

正如通報之人所說，城門目前受到圍攻，沒想到這些人還挺聰明的，估計是人手不多的緣故，直接想到在城門那邊放火，加上這城門本來就是用木頭做的，哪裡禁得住這火燒，上面守衛的士兵只能不斷用水往下澆。

水瑤看著下面的情況，心裡一直提著。城門的火不久應該就能撲滅，但對方的目的是什麼?攻城?可她也沒見到下面有多少人啊?

縣令這頭已經吩咐下去，提高警覺，只要對方靠近，直接射殺。

徐倩也沒琢磨明白。「他們到底想幹麼?就算想搞破壞，也沒多大的用處啊?城內燒糧，城外燒門，這究竟是什麼打法?」

別說她不明白，水瑤也沒看明白。「大人，派人去其他的城門看一下。」

還沒等縣令做出反應，下面又有人跑來通報。「西城門受到攻擊，請求支援!」

「聲東擊西?這幫癟犢子真夠狠毒!」縣令被氣急了，急匆匆地派人過去幫忙。

水瑤一直沒動，直盯著下面看，一片黑漆漆，只能靠城頭上的火把才能看得稍微清楚些。

水瑤心裡的疑惑並沒有因為對方攻打西城門而減少。

這些人是從什麼地方冒出來的？難不成前面的人沒有攔住？

可回頭一想，不可能啊，前面派出去那麼多人，要是失利，五王爺定會派人跟他們說清楚，至少會要他們死守城門，現在這情況，著實讓人心裡沒底。

「來人！去燒水、燒油！」即便如此，該準備的她也不能疏忽，她總覺得對方攻打西城門只是調虎離山之計，真正目的還是這一邊。

縣令雖然疑惑，可他並沒有阻止水瑤，而是派人快去安排。

「水瑤姑娘，難不成還有敵人從這邊來？」

「我也只是猜測，這些人的打法讓人摸不著頭緒。大人，這些人都是從什麼地方冒出來的，我怎麼看不明白？」

「估計是八王爺在這邊的暗樁吧，益州是軍事要地，拿下益州就方便他們攻打京城。」

雖然是猜的，可也接近真相。

水瑤轉念一想，可不就是那麼一回事？八王爺在這邊培養勢力，怎麼可能只有幾個人手，她還是想得太淺，以為所有兵力都集中到京城那邊了。

縣令他們幾人望向城門下方，沒發現什麼異常，可西城門那邊他也不放心，猶豫了一下道：「要不我帶人去支援西城門？」

水瑤搖搖頭。「先不用。徐倩，把咱們的東西拿過來。」

看著徐倩遞上竹筒狀的東西，縣令還搞不清楚，不過他並未開口詢問。

看水瑤點燃上頭的引信，心裡多少知道這東西應該是爆竹，不過看起來又跟一般爆竹不同，就不知道這東西能引起什麼作用？

徐倩用力投擲出去，一聲爆炸聲傳來，接著是遠處的咳嗽聲以及吼叫聲，縣令心頭不由得一凜。

水瑤冷哼一聲。「還想躲？徐倩，繼續。」

就在水瑤用辣椒加胡椒改良的爆竹攻擊下，那些躲藏在暗處的敵人已經知道他們暴露了，如今唯一能做的就是攻城，而他們的目標也的確是這個城門。

經過火燒之後，城門就變成一個擺設，衝進去只是遲早的事情。

可有水瑤他們在，怎麼可能輕易放他們進來？

沸騰的油和水就像落雨般灑落下來，想強攻的人不得不退後，然而如今就算想退後也沒了退路——尹士成他們的人馬這時殺了回來。

第一百零八章

本來勝利之後，尹士成他們還想休整兩天，不過想到縣城目前的狀況，幾個人商量後決定火速往回趕，正好就碰上這些倒楣蛋。

「哎，王爺他們回來了，大家快來看！」

徐倩眼尖，看到尹士成他們的軍旗，眼睛登時就亮了。尹士成他們回來了，代表馬鵬也回來了！

蘇蘭她們幾個婦人激動地抱在一起——自己的男人凱旋而歸了！

那些得勝歸來的男人也顧不上什麼禮儀，狠狠地抱住自己的女人表達劫後重生的激動和喜悅。

真正到了戰場上，才覺得生命是如此可貴，也幸虧他們遇到了優秀的將官和軍師，這才能凱旋歸來。

五王爺看到水瑤，心中的感慨頗多，尤其當水瑤問起戰事，他嘆了口氣。

「別提了，幸好咱們有提早準備，要不然老子這一世英明差點就毀在這幫狗雜種手裡，好在最後有驚無險，大獲全勝。對了，你們怎麼在這裡？灝霆呢？」

五王爺有些不滿，難道自己的孫子貪生怕死，嚇得退縮了，讓水瑤這孩子出來替他主持大局？

水瑤笑意盈盈地跟五王爺解釋。「聽說有幫敵人跟土匪勾結，危害鄉鄰，他帶人去剿匪，誰知我們這邊也出了狀況，幸好沒出大事。」

話音剛落，遠處就傳來了通報聲。

「報——王爺，大公子帶人回來了！」

聽說孫子主動出擊，五王爺心裡舒服多了。也是，自己的孫子怎麼可能是貪生怕死之輩呢！

「灝霆回來了，快，咱們過去看看。」五王爺也著急，嘴上沒說，可是心裡卻擔心孩子的安全，畢竟這孫子沒帶過兵、打過仗，也不知道這次出去會是什麼樣子。

大家轉頭望去，就看到城門那邊列隊進來了許多人，這讓水瑤不由得吃了一驚。

韓灝霆帶走多少人，她多少也知道，這多出來的又是怎麼回事？難不成敵人投降了？

「爺爺！」看到火光映襯下的五王爺，韓灝霆也顧不上疲勞和儀態，在經歷過一場廝殺後，他對人生的感悟又多了一些，沒有什麼比活著、比親人更重要的。

他不顧一切的撲上前，抱著五王爺，頭枕在老爺子的肩頭，半天不吭聲。

五王爺能感受到肩頭的濕意，笑著拍拍孫子的背。「好孩子，辛苦了，爺爺知道你是個有擔當的孩子，你沒讓爺爺失望。」

韓灝霆偷偷擦了擦眼淚，這才抬起頭看著老王爺。「爺爺，比起您老，我這些算不了什麼。」

五王爺拍拍孫子的肩膀。「好小子，不錯，果真是我們韓家的男人！」

韓灝霆突然想起一件事，拉著五王爺走向自己身後那些人。

「爺爺，我給您介紹一些人，幸虧有他們出手相幫，否則那些土匪和叛軍還真是難以應付，他們就是罪人村的那些曹家人。」

「草民叩見王爺！」

水瑤聽到這個聲音，身子不由得一頓。

這聲音太熟悉了，她有些不敢相信自己的耳朵，她走上前，就著火把的光芒，看到熟悉的臉，驚呼道：「爹?!」

韓灝霆正跟五王爺介紹曹雲鵬他們幾人的事蹟，加上人多嘈雜，曹雲鵬還一時沒聽到自己閨女的聲音。

這次曹雲鵬他們之所以能過來，也是聽說八王爺叛亂的消息，他好歹曾經當過官，對局勢的敏感度比普通人高出不少。

所以他立即與父兄商量這事，若八王爺勝了，他們也落不到好處，畢竟曹家之前跟八王爺的人有過爭端，要是對方得勢，恐怕曹家的日子會更難過。

如果這個時候出去幫忙，或許能功過相抵，為曹家掙個未來，至少讓家裡的女人和孩子走出這個地方，因為他們都不希望子子孫孫背著罪人的身分。

這個提議得到曹家大房所有兄弟的贊成，曹振邦還想讓其他幾個兄弟一起，不過二房和四房那邊誰也沒搭理這茬，甚至有人還冷言冷語說出去豈不是等著送命？還不如保持現狀，如果八王爺真當了皇上，說不定會大赦天下，到時候他們就能離開這個罪人村了。

三房則對這事舉雙手贊成，大家便一起去找村長說出自己的想法以及請求。

曹雲鵬他們以家眷做擔保，發誓肯定不會乘機逃走。村長也不是個傻子，畢竟曹雲鵬他們說的都在理。

於是以曹家幾個兄弟為首，帶著罪人村的壯漢都走了出來。

也是他們趕得巧，正好幫韓灝霆一起擊潰了敵人。

五王爺看到曹雲鵬，也挺意外，趕緊扶起對方。

「快起來，大家都辛苦了。曹雲鵬，我真沒想到，你竟然還有這份膽識和魄力，我說那丫頭像誰，敢情就像了你這個老子！」

曹雲鵬被五王爺的話弄得愣神，五王爺哈哈大笑，大喊道：「水瑤，過來，妳老子來了，你們父女兩個也見見面！」

看到走過來的水瑤，曹雲鵬不敢置信地揉揉眼睛——

眼前這個俏生生的小姑娘可不就是他家閨女嘛！

「水瑤！」

「爹！」

父女兩個緊緊握住對方的手，都沒想到竟然會在這樣的場合再見。

五王爺手捋鬍鬚，開心的大笑。「你們兩個就別在這裡聊天了，水瑤，趕緊帶妳爹他們回去，其他人跟士兵們一起，大家都回去好好休息，有什麼事明天再說。」

看到大伯、二伯還有三爺爺家的叔叔們，水瑤趕緊招呼他們跟自己走，不管怎麼說，他們能在這個時候出現，還是讓她心裡暗自鬆了口氣。

只是他們誰也沒想到的是，回到家裡還有一個更大的驚喜在等著他們。

環兒看到水瑤他們回來了，興奮之餘，偷偷告訴水瑤。「小姐，老太太還活著，她來了，就在屋裡等妳呢！」

這身後跟著的可都是曹家的人，小丫頭也不知道該怎麼處理。

水瑤一驚，轉頭看向眾人。「爹，你們去洗個澡，一會兒就吃晚飯了，有話咱們等等再說。」

說完，她讓環兒帶著眾人去洗漱，接著快步走進屋子，就看到老太太端坐在堂前。

「奶奶，您老怎麼來了？我爹他們也來了，您是見還是不見啊？」

老太太也驚呆了，立刻站起來。「什麼？妳爹他們都來了？」

水瑤點點頭。「爺爺他們沒來，您老的三個兒子還有三爺爺家的兒子都來了，我也不知道您老今天會來啊！對了，忘了跟您說……」

水瑤簡單地解釋了下曹家人為何會出現在這裡。

老太太聽罷，長嘆一口氣。「這些孩子總算是能看清楚局勢了，沒讓我白擔心。ㄚ頭，一會兒讓他們來見我吧！反正這是早晚的事，別哪一天我真的死了，連最後一面都見不到了。」

水瑤笑道：「您說的是什麼話呀，您老會長命百歲的。對了，今天是哪陣風把您給吹過來的？」

老太太嘆口氣。「我想去把我那幾個ㄚ頭和婆子給弄回來，這不現在局勢不好，生意也不是那麼好做，我就尋思反正妳是我孫女，不如讓妳幫襯著點，就算掙錢了，那也都是留給妳爹他們的。唉，也是我老了，做不動了。」

水瑤也不知道該接還是不接，畢竟還有四叔在幫老太太做事。

想到這裡，她抬頭看向老太太。「奶奶，不是我不想接，而是不能接，有四叔在，您說讓我一個姪女來插手，四叔心裡會怎麼想？另外，其實您老也不用想那麼多，或許曹家翻轉的那一天指日可待呢！如果您不放心四叔，我可以幫你們出出主意，這樣他心裡舒服，我這邊也不至於壓力太大。」

老太太含笑看向水瑤，這個孫女一直就沒讓她失望過，其實她也想讓水瑤幫曹雲逸，可是這話她不好意思開口，水瑤能說出這些話，她就可以放心了。

曹家哥幾個洗完澡出來，看到院子裡站的人，還以為見到鬼了。

曹雲祖揉揉眼睛。「老二、老三，我怎麼看到咱娘了？你們說是不是娘不放心咱們，特地跑過來看？」

老太太聽到大兒子的話，心不由得一酸，眼淚就不由自主的流了下來。她笑著朝曹雲祖呵斥道：「臭小子，你娘我還活著，你還真以為我是鬼啊！」

老太太這一開口，徹底把曹雲祖哥三個給弄懵了。

曹雲鵬喃喃自語道：「哥，我沒聽錯吧？咱娘說話了？這、這是不是真的？」

老太太看著呆若木雞的兒子們，苦笑了一聲，上前拉住他們的手。「臭小子，你看你娘是人還是鬼？我身上可是有溫度的，如果是鬼會開口說話嗎？也不長腦子，你說你們這樣，能讓娘放心嗎？」

老太太被三個兒子弄得哭笑不得。

「大伯、二伯、爹，這事是真的，奶奶沒死。」水瑤在一旁笑道。

這一句話徹底把呆愣中的哥三個給驚醒了，三個人抱著老太太好一頓哭，都說「男兒有淚不輕彈」，沒有失去就不知道珍惜，當家裡只剩老父親的時候，他們才覺得還是有娘好，有娘的孩子是個寶。

看著抱在一起痛哭流涕的娘幾個，水瑤笑了笑，下去幫忙端菜。三房那幾個兒子聽說老太太還活著，一股腦兒全跑了過來。

等眾人都落坐，水瑤才把曹雲軒的消息跟眾人說。

聽到曹雲軒不是曹家的子嗣，別說是曹雲鵬幾人，就連老太太都氣憤不已。家裡的那個老鬼把這野種當成寶了，可人家卻是八王爺的兒子，這真是一個天大的笑話。

「呵呵……」老太太怒極反笑。「報應啊！真的是報應……」

老太太沒怨嗎？當然有，她當著兒子的面，毫不猶豫的嗤笑這個她陪了大半輩子的老鬼。

曹雲祖他們一個個都苦笑著，喝乾了各自跟前的那杯酒。子不言父之過，他們只能靠酒解悶。

「奶奶，事情已經這樣了，您要想開一點，以後見到爺爺，您老沒事可以懟爺爺幾句，這不就正好有藉口了嗎？大家都多吃些，明天還有事情要做，要是真的再繼續打仗的話，估計連口熱飯菜都吃不上。」

曹雲祖在一旁點頭。「說得對，都多吃一些。娘，您也別想那些不開心的事，已經都過去了，咱們也知道他們娘兩個是什麼人，爹這個時候指不定有多後悔呢，雖然嘴上沒說，可是自從到了罪人村，他變得沈默多了。」

老太太不解氣的冷哼一聲。「他是活該，要是他一碗水都能端平，這話我也不說了，就因為他偏心，我才生氣。算了，不說他了，要說起來，這事還真要好好謝謝水瑤，否則我們一家人還被蒙在鼓裡。下一次見到曹雲軒，你們誰也別客氣，誰教這個雜種害得我們家差點家破人亡！」

老太太說的並沒有錯，哥幾個也知道如果下一次真的見面了，不是你死就是我亡。

席間，曹雲鵬也問起老太太詐死的事，又問現在曹家這種情況，老太太是要繼續躲著還是去罪人村？

老太太心裡有她的想法，她想把傳家寶交出去，只要這東西送出去了，以後就沒人惦記了。

不過她沒跟兒子說，而是在飯後跟水瑤提起這事，讓水瑤幫忙引薦五王爺。

面對老太太，水瑤不知道是該勸她還是該表明自己的身分？

她把當初在穆家做的動作，又在老太太面前做了一遍。

老太太一開始被孫女這奇怪的舉動給弄懵了，可當聽到水瑤說的那句暗語，老太太徹底回過神來，不可思議的指著水瑤。「妳……」

水瑤嘆口氣。「奶奶，其實曹家的傳家寶已經被我收回了，您手裡的那個不過是贗品，真要上繳的話，說不定又是一宗罪責。您啊，就踏實的過您老的日子，至於那真的，您知道該怎麼說吧？畢竟曹雲軒手裡可還有一塊呢！可若沒人問，您就當沒這回事。」

老太太長嘆一聲。「這兜兒來轉去，沒想到我孫女竟然是繼承人。算了，這事到此為止，以後我就說曹家的傳家寶已經交給曹雲軒，其他的我們什麼都不知道，回頭我也會囑咐妳二伯的。丫頭，聽奶奶一句勸，妳這身分誰都不能說，明白嗎？」

孫女是前朝皇族，這皇族十有八九是洛家。現在想想，老太太都覺得之前自己做的事都是個笑話，要真說起來，洛千雪可是前朝的公主身分，雖然前朝早就滅亡，可架不住人家這血脈擺著，難怪她一直覺得自家孫女不同常人，敢情人家是皇家的孩子。

對老太太的關心，水瑤當然很受用。「奶奶，您放心吧，這事我不會說出去的，您老也當沒這回事。至於傳家寶這東西，在我看來不是什麼財富，而是試金石，希望到我這裡，傳家寶的事能就此結束，成為傳說。」

水瑤不是沒看到老太太那複雜的眼神，她一臉正色地道：「奶奶，這周圍有多少雙眼睛在盯著那財富？我從來就沒想過要打開寶藏，更沒想過去擁有它，況且那裡面有沒有財寶還難說，就算有，說不定就是招禍的根。曹家什麼都沒做，都讓人給害成如今這樣，要是真打開寶藏，那曹家還有人能活著嗎？」

被孫女這麼一說，老太太頓時醒悟，自己還是貪心了。

「丫頭，這事我不會說，直到帶進墳墓裡，都不會讓家裡的任何人知道，我可以保證。」

第一百零九章

老太太頓了一下，緩緩道：「其實我一直在琢磨，是不是該捐點銀子出來，這樣既可以讓我的身分公開，也可以讓王爺那頭對妳爹他們有一個好印象，反正錢這種東西生不帶來、死不帶去，只要能讓子孫過上平常人的生活，我就滿足了。」

水瑤若有所思的點點頭。「這是好事，不過要做也得大張旗鼓的做才行，這樣吧，明天我跟安老聯絡一下，曹家捐銀子，安老捐藥材，這樣可以引起更大的迴響，希望能帶動大家踴躍捐獻。」

老太太興奮的一拍手。「說得好，我這就回去跟妳四叔商量這事。」

不過水瑤沒想到的是，老太太這聲勢弄得連她都被驚呆了。

老太太帶著安老大夫，以及柴家、龔家兩位親家加上當年生意上的合作夥伴，鑼鼓喧天，街上看熱鬧的百姓們議論紛紛。

老百姓不知道怎麼回事，可是認識的人看到曹家老太太，一個個都驚訝的合不攏嘴巴。

「她、她是曹家老太太，她怎麼又活過來了？」

當初曹家那場盛大的葬禮，大家都有目共睹，可一個已經被埋葬的人怎會在青天白日出現於眾人面前，不知道這是人還是鬼？

別說老百姓，就連五王爺他們都被老太太這舉動給弄懵了，等得知來人的身分及他們的意圖後，五王爺對這個死而復生的曹老太太很感興趣。

他接見了老太太幾人，再聽到老太太的經歷，連五王爺都跟著感嘆了一回。

「曹老夫人，在國家危難時刻，妳能做出如此舉動，我代表皇上表示歡迎和感謝。既然曹家這事發生在妳假死之後，那本王爺暫時先做個主，妳和曹雲逸不必再受通緝，現在可以過正常人的生活，這事我回頭會稟告皇上的。」

而對於今天所有參與捐贈的人，五王爺也是讚賞有加。

一石激起千層浪，周圍的富人們紛紛效法，他們的想法很簡單，只要捐贈，就能獲得五王爺的接見，這是多大的面子啊，以後可以拿這事跟子孫們炫耀了。

五王爺不知道這些人的想法，不過對於這些捐贈者，他一直都是認真對待，兩廂各取所需，也不計較誰算計了誰。

這件事像滾雪球一般，五王爺亦樂見其成，畢竟戰爭意味著要消耗大量的銀子，能多為皇上籌備糧餉，他自然願意盡自己的所能。

經過兩天的休息，歐陽華和尹士成正準備謀劃下一步。

由於尹士成掌管地方上的軍隊，如果上頭沒有調遣，他就必須帶兵駐守原地，保護當地軍民的安全。

如今有歐陽華在，尹士成可不會像以前那樣老實地守株待兔了。

「大人，這裡有五王爺坐鎮，你還有什麼可擔心的？我聽說前方戰事吃緊，八王爺一路過關斬將，按照他這樣的速度，打入京城是早晚的事。」歐陽華道。

韓灝霆坐在一旁，贊同道：「尹大人，我覺得歐陽先生說的沒錯，我們為何不主動出擊，非要等敵人上門不可？要是按照這個套路去打仗，那咱們的優勢根本就難以發揮。」

剛說完，外面突然響起五王爺的聲音。「說得好，這做事有時得變通一下。」

五王爺這兩天忙著接見不少人，也就沒時間參與兵力部署之事，不過他也不是一點都不了解。

這不，剛送走人，他就過來看一眼。「尹大人，歐陽先生的提議我沒意見，你也不要有什麼顧慮，這調兵遣將的事，不是皇上不想，而是他也知道咱們這邊的兵力不足，才遲遲沒下令。咱們的情況，咱們自己清楚，既然國家處於危難之際，那也別拘泥於形式，你們就放心大膽的去做，萬事還有我。」

他轉頭看向歐陽華。「歐陽先生，你就把你所有本事都使出來，有多大的能力，咱們就做多大的事情，我可是很看好你啊！」

有五王爺這番話，尹士成也不猶豫了，守在這麼一個地方，不僅他憋屈，估計連歐陽華這傢伙也有同感，肯定也想出去大幹一場。

於是尹士成他們幾人針對整個戰局開始討論，歐陽華則發揮他的軍師之才以及戰略眼光。他提出的觀點，跟以前的行軍方式完全不同。

就連五王爺他們都大開眼界，這仗還可以這麼打？

「那還等什麼？咱們趕緊準備準備，早一天過去，這事早一天解決，讓老百姓也能少受苦一天。」尹士成激動地道。

歐陽華心裡總算是鬆了一口氣，他也知道他目前的想法未必能得到世人的認可，但老天爺眷顧，讓他認識這些信任他的人，給他一次機會，就衝著這份信任和託付，他也要全力以赴。

「行，既然大夥兒沒有異議，那咱們就分頭準備。王爺，糧草那些若是有多，就支援京城那頭吧，聽說那邊情況也不妙。」

這時外面突然送來一封急信，五王爺看過信上的內容，趕緊把這幾個正準備要離開的人又召集回來。

歐陽華看到信上的內容，不由得拍手叫好。之前他們就有這個打算，沒想到江子俊和孫玉成他們竟然已經替他們殺出一條路來。

「真沒想到這幾個人這麼有本事，王爺，事不宜遲，他們能有現在這樣的成果肯定不容易，尤其是在八王爺身後還能保留這一塊淨土，我們得趕緊行動。」

歐陽華心裡不禁向這幾個年輕人致敬，他自忖天賦高，沒想到這幾個年輕人竟跟他所想的不謀而合。

其實打仗並不只是針對正面戰場，更大膽一點的做法，就是去敵人後方，直接截斷敵方的後援。

八王爺將所有精力都用於直攻京城上，前線有離國的大軍在抵抗，可敵人的後防卻是空虛。

五王爺也知道軍情緊急，既然都知道老八有後援，若不趕緊採取行動，他擔心會生變。既然要發兵，大家便各自回去準備，水瑤看蘇蘭他們給自家男人準備的東西，想起馬鵬他們那些也要跟著離開的弟兄，便帶著李大急匆匆的出去了。

到了大街上，水瑤給那些兄弟們置辦了不少衣物鞋履，甚至連各種藥品都讓安老大夫準備了不少。

水瑤帶著東西去軍營時，整個軍營都沸騰了，尤其是那些士兵，一個個投以羨慕的眼神，心想那些半路加入的兵怎麼那麼好，還有人專門為他們準備這麼多東西？

水瑤這邊的人更是沾沾自喜，他們家小姐就是聰明，連這點都想到了。

水瑤還給每個人都發了些銀子。「有缺什麼就去買，別捨不得，若銀子不夠，到時候去找你們頭兒拿，回頭我再跟他算帳。」

大夥兒捧著手裡的東西，一個個都要掉眼淚了。以前流落街頭的時候，誰把他們放在眼裡？不是打就是罵，更有甚者還放狗咬他們，可自從跟了小姐後，他們不用餓肚子，生病也有人給他們治療，更重要的是，他們找回了自信和尊嚴，他們不是垃圾，他們是真正有用的人。

五王爺和尹士成他們過來時，看到這溫情的一幕，不禁覺得自己做得實在不夠。

五王爺連連感嘆。「小丫頭，妳又給我們上了一課，不過這一課上得好啊！」說罷轉頭吩咐。「趕緊按照水瑤他們準備的，也給大家都準備一份，還有衣服什麼的，都趕緊去買。」

水瑤不好意思地笑了笑。「王爺，我這邊的兄弟不算在軍籍內，享受不到士兵的待遇，所以只能由我多替他們著想了。其實本來只是想鍛鍊他們一下，誰料到會遇到這樣的局勢，這也是沒辦法的事，想要人家幫忙打仗，咱們也得付出真心吧！」

五王爺點點頭。「說得好。丫頭，妳的功勞，我記在心裡，現在我也不說感謝的話，等勝利了咱們再好好地慶祝一番！」

晚上，水瑤坐在房裡，不由得想起了江子俊，也不知道他的情況怎麼樣？

接著她想到了曹雲鵬他們，便拿起準備好的東西，送到曹雲鵬他們住的屋子。

曹家哥幾個正在跟老太太話別，畢竟這一去，誰也不知道以後會是什麼樣，或許是生，或許是死，可即便這樣，他們也沒有選擇。為了他們的家，是必須去努力一下。

「爹，原來你們都在呢！來，這些都是為你們準備的，都拿著吧！」水瑤一進屋就道。

看到孫女帶過來的東西，老太太一拍自己的腦袋，不無懊惱道：「妳看看，我真是老糊塗了，怎麼沒想到這個？ㄚ頭，還是妳有心，快，過來坐。」

水瑤坐下的同時，把手裡準備好的銀兩和銀票遞給眾人。「這是我的一份心意，雖不知道你們到那邊會是什麼情況，多帶一點總是有備無患。」

對於女兒的心意，曹雲鵬欣然地接受了。

曹雲逸看到哥哥們都要去戰場，說不羨慕是假的。

曹雲祖拍拍他的肩膀。「你別羨慕，你身上的擔子也不輕，家裡那頭可都指望你了，娘還要靠你照顧呢！娘，沒事您也回去看看，不管打也好、罵也好，你們老兩口畢竟做夫妻那麼多年，別因為那個臭娘們讓你們倆到老了還分開，至於這個仇啊，我們替妳報！」

老太太苦笑一聲，拍了兒子一掌。「臭小子，我沒指望你們替我報仇，只要你們好好的，娘就安心了，至於那個賤人，自有老天爺收她。」

第一百一十章

水瑤欲言又止，剛才在屋裡她就有這個念頭，如今大家都在，她也正好把自己的想法說出來。

「什麼？妳想到南邊去？水瑤，那地方亂得不成樣子，妳想掙銀子，什麼時候都可以，這個時候就別過去了，別銀子沒掙到，反而出了事。」最先反對的是曹雲鵬，孩子手裡並不缺銀子，夠花就行了，幹麼要去冒這個風險？

水瑤淡淡解釋道：「爹，你別著急，危險是危險，但危險與機會也是並存的，就因為現在南邊比較亂，才是我們掙錢的大好時機。」

老太太眼神複雜的看向水瑤，她沒想到這丫頭竟然會想到這一點。

她嘆了口氣。「水瑤，妳有這個信心嗎？銀子雖好，可命卻比什麼都珍貴，妳確定自己想好了？」

水瑤眼神堅定的看向老太太。「是，祖母，我覺得你們也可以考慮一下，以南方現在的亂象，有錢人想必都跑了，這就是咱們的機會，說不定處處都是商機。」

老太太做了大半輩子的生意，怎麼可能想不到，只是她沒那個決心罷了，如今孫女給她上了一課，人家半大的孩子都可以，她為什麼就不行？為了曹家，為了子孫，她也想拚一把。

「我看行，這事咱們回頭再商量。」

送走了眾人，水瑤也準備要前往南方了，老太太本來打算親自過去的，卻被曹雲逸攔住了，理由是那麼大把年紀，先不說身體行不行，就說趕路，老太太的確是不大適合。

於是曹雲逸讓老太太在這邊坐鎮，他跟水瑤一起去。

臨走前，他們去跟五王爺說了一聲。

五王爺笑道：「妳這丫頭，膽子真是夠大的。行，去吧，我給妳安排一個人，妳先別推辭，要不然我心裡著實放不下。」

五王爺給水瑤安排的是他的一個女暗衛，叫做陸穎，她會隱藏在暗處幫他們。

謝過五王爺後，水瑤便帶著人出發了，這次他們選擇水路，因為陸路慢，且路上比較不安全。

等上了船，水瑤又有些後悔了，這船快是快，可那麼多人擠在一條船上，那衛生和氣味就可想而知了，好在半路還可以下船到岸上去透透氣。

其實也不怪水瑤毛病多，主要是越往南邊，溫度就越高，別說是水瑤了，連跟她一起來的人都直搖頭。

好在水瑤他們第一個目的地到了，下了船，他們趕緊找客棧住下，好好梳洗了一番。

待洗漱完，他們立刻找客棧的夥計打聽了下外面的消息。

說起這事，店小二一臉愁色。「客官，也是你們來得巧，昨天剛打完，也不知道以後會怎樣，現在人人自危，你們出門也要小心一些。」

水瑤心裡一驚，這個剛打完是什麼意思？

她和顏悅色地追問道：「小二哥，這都誰跟誰打呀？」

店小二苦笑了一聲。「之前來了一批人，也不知道是什麼來路，把縣太爺和軍隊的首領都控制住了，聽說那些人神出鬼沒，都是些高人，這一路上沒少幹這樣的事。我跟妳說，之前那縣太爺是……」

店小二悄悄地跟水瑤比了個「八」。

水瑤驚訝的捂住嘴。「難不成那些人是跟八王爺作對的？」

店小二偷偷看向四周，低聲道：「可不是？據說還是年輕人帶頭的，就是不知道他們是誰？」

水瑤雖然沒見過，心裡卻隱隱有了猜測，她帶著幾個人急忙出門，她得去看看那些神秘人是不是她想的那個人？

「……妳是說徐五和江少爺有可能在這裡？」李大驚訝地道。

水瑤點頭。「我也只是猜測，咱們過去看看就知道了，如果是他們，正好可以告訴一聲，尹大人他們要過來了。」

江子俊和徐五昨晚帶人拿下這座縣城，根本沒什麼時間休息。

此刻他們正在聯絡人手接管政務，皇上派來的人也不知道在什麼地方，他們不能一直這麼等下去。

江子俊找來之前楚家的大掌櫃瞭解一下這裡的情況，徐五也出去打聽，最後找來一個已經告老還鄉，不過官聲挺好的張大人過來暫時主持大局，當然，楚家大掌櫃也協助處理其他事情，互相監督，等皇上的人到來，自然就全部解決了。

張大人聽完江子俊的理由，笑著擺擺手。「小夥子，我豁出這把老骨頭，也要將這地方管理好，離國有你們這些年輕人，就一定還有希望。其實當年老夫會離開，也是受了八王爺他們這一干人等的排擠，現在這地方有老夫在，八王爺就別想把手再伸進來。

「至於你說的需要人手的問題，老夫多少也認識一些富人，跟他們借用些人手，應該還是沒有問題的。你們先去休息，安排好了我再通知你們。」

江子俊一行人就在衙門後面休整，徐五則前往軍營，接管當地士兵。

這會兒他還沒睡著，就有人通稟說外頭有人找他。

江子俊覺得奇怪，這地方除了掌櫃和以前的夥計，他應該不認識其他人，不過他也沒想太多，直接出去看看。

當他看到水瑤俏生生地站在衙門口，眼睛不禁瞪大，就怕是自己一夜沒睡，產生了幻覺。

「水瑤?真的是妳嗎?」

水瑤展顏一笑。「當然，不是我是誰?誰會在這時候來見你?」

江子俊大喜過望，開心地撲上前抱起水瑤轉了兩圈，根本就不管旁邊還有人。

水瑤可害羞了，雖然兩人已經確定了心意，可這麼多人看著呢，她也會不好意思。「快放我下來……」

江子俊見好就收，放下水瑤後還不忘為自己辯解。「我是因為太開心了，真沒想到竟然會在這個地方見到妳……妳不知道，我差點以為再也看不到妳了。」

水瑤的眼眶有些濕潤，雖然沒親眼見到，可她也能想像得到他們這一路走來有多艱難。

她拉著江子俊的手，看著他的笑臉。「能看到你，我也很開心。」

江子俊也不忘跟其他人打招呼。「李叔、四叔，快，倆門裡請。」

他一邊走，一邊跟大家解釋這邊的情況。

得知江子俊一夜沒睡，水瑤也不敢耽誤他休息。

「我們只是過來看看你，知道你平安就好。你先睡一會兒，晚上我們再好好聚聚。對了，尹士成他們已經過來了。」

水瑤告訴江子俊自己住的客棧，並沒有在這裡久留。

看著街道兩旁關門的店鋪，別說商業蕭條，就連行人都不多，水瑤略一思索，跟曹雲逸商量起買賣的事。

「這地方交通四通八達，海陸和水路都有，我估計這邊繁華時肯定是人來人往，做吃的應該能掙錢。」

水瑤這麼一提醒，曹雲逸腦中瞬間閃過一個主意。像他們坐船的這些人，出門在外就希望能吃上一頓熱騰騰的飯菜。

如果去酒樓和飯館，那得耽誤不少工夫，商家船隻可不會等他們，如果在碼頭和渡船口那邊開一間很快就能吃到飯的店面，那肯定賺得盆滿缽滿。

「水瑤，妳知道流水席嗎？我想做這樣的吃食，只要人來了，就能吃到一口熱騰騰的飯菜，妳說這個成不成？」

水瑤舉雙手贊成。「絕對可行。回頭你打聽一下有沒有適合的地方，最好是留在這裡觀察一段時間，讓自己信得過的人做掌櫃……」

曹雲逸得到水瑤的讚許後，有些迫不及待的想立刻展開行動。

晚飯時，江子俊和徐五就帶人過來了。

「哈哈，水瑤妳也來了，咱們幾個在他鄉總算是齊聚一堂了，可惜就是少了莫成軒這傢伙。」

徐五是最開心的，有水瑤在這裡坐鎮，八王爺那老王八蛋要是敢來，那就等著吃虧吧！別人他或許不信，可水瑤嘛，她可是睚眥必報的主。

看徐五一閃而過的壞笑，水瑤好笑地道：「你啊，剛才心裡肯定是憋著什麼壞心眼吧？」

徐五嘿嘿笑。「知我者，水瑤也。我就琢磨那老王八蛋會不會派人收復這個地方？畢竟這裡可是軍事要道，他那些人馬從陸路走，那得多長時間才能到達？」

水瑤扶額苦笑。「這事你都替他想到了，我還想說你們怎麼跑到這裡來，而不是跟在他的屁股後頭打呢！行了，咱們邊吃邊聊。」

水瑤最關心的是八王爺的那些援兵，提起這事，徐五只能聳肩。「這個我們只是聽說，究竟在哪裡還不清楚，我都懷疑真有這麼多人嗎？二十萬不是一個小數目，這麼一大批兵力，如果皇上完全沒發覺，也太不可思議了。」

水瑤腦中突然閃過一個念頭，看向徐五和江子俊。「那老王八蛋會不會是去說服苗疆那邊的少數民族？」

江子俊心頭一凜，那地方山高皇帝遠，就算是皇上，也沒能力管到那裡，說不定真的就像水瑤說的那樣。

徐五臉色陰沈下來，那地方他雖然沒去過，可聽不少老乞丐說過一些傳聞，聽說那些人手段狠辣，打仗都像是不要命，跟這些人比，他們根本不夠看。

水瑤看眾人沈默不語，趕緊又解釋一句。「這也是我的猜測而已。」

曹雲逸撓撓頭。「這事是不是得跟五王爺說一聲啊，咱們就認識他這麼一個大人物，還是讓他去判斷吧。」

江子俊嘆口氣。「回頭給孫玉成去封信，怎麼判斷看他的。」

徐五想起一件事，看向水瑤。「妳別告訴我，妳是特地來看我們的？」

水瑤抿起嘴。「看你們是其一，主要是我想到這邊找點生意做做，總守著益州也不是一回事，再說也可以做你們的後盾。」

徐五笑道：「明天沒事的話過來幫忙吧，正好咱們的人收編了一些乞丐兄弟，妳幫忙分配一下，適合的就留下來，看是幫妳做生意還是探聽消息。」

幾個人在房內邊吃邊聊，躲在暗處的陸穎聽到他們的談話，尤其是水瑤懷疑的事情，立刻轉身離開。要是等這些人寫信回去，不知得等到什麼時候，她還是用自己的管道先通知一下吧！

第二天，水瑤就開始著手選人，另外還讓李大和曹雲逸去找房子，要做生意，得先找到一個好地點。

水瑤他們這些人都是實力派的，一旦忙活起來比誰都認真，尤其是曹雲逸，迅速解決了房子問題，接著開始招人研究菜式了。

水瑤這邊有自己的一套用人規則，另外有青影和陸穎暗中相幫，經過層層篩選，她不敢說挑的都是最優秀的，至少人品都是沒有問題的。另外，根據每個人擅長的領域，她重新做了編排，讓每個人都能發揮他們最大的功用。

第一百一十一章

有了人手，水瑤的生意開展得很快，不僅開了一間糕點鋪子，還開了一家特產店，同時她也想把這裡的東西拿到北方去賣。

江子俊和徐五忙完了，便跑到水瑤這邊看看，也不知道是因為剛開張的關係還是這鋪裡的東西好吃，那些平時很少出門的人都擠到店裡來了，整條街上就水瑤這處最熱鬧。

「恭喜，水瑤，咱們是不是又要發財了？」徐五笑道。

水瑤嘿嘿笑。「同喜同喜，我發財，你們也都跟著發財了。來來來，屋裡請，我請你們喝果汁。」

這邊的水果種類繁多，價錢還很便宜，正好搭配糕點一起賣。

江子俊坐下來，四處打量一下。「不錯啊，這個地點好，早知道這樣，讓我們家大掌櫃也買兩間。」

說起這話，水瑤倒是建議楚家也入手幾處房子。「趁著打仗，有人急著出手，所以我就買下，楚家既然要做大生意，不如趁這個機會找好店面。不過跟我四叔比起來，他那個才叫好，碼頭和渡口都開了流水飯食，我昨天去看了，那叫一個熱鬧！」

徐五剛想開口，崔武就在這時急匆匆跑了過來。「頭兒，剛收到的消息，北邊的縣城打起來了！」

江子俊和徐五聽到這個消息，騰地一聲站了起來，對視一眼。「應該是尹士成他們！」

徐五道：「走，咱們帶人過去接應一下。水瑤，我們走了，這邊妳多幫著照應。」

這兩人屁股都還沒坐熱，人就急匆匆的離開了。水瑤苦笑一聲，搖搖頭。「我還想跟他們說另外一筆生意呢，得，回頭再說吧！」

她剛要轉身出去，忽地聽到李大驚喜的聲音。

「莫少爺？」

水瑤走出去一瞧，不禁吃了一驚。

「莫成軒？你怎麼來了？」

如今的莫成軒早就不是之前那胖嘟嘟的模樣，整個人帥氣許多，也成熟不少，害水瑤差點沒認出來。

莫成軒看到水瑤，一改冷靜的樣子，笑嘻嘻地湊了過來。「水瑤妹妹，好久不見了，妳說妳跑到這裡，就不能給我打個招呼啊？有銀子大家一起賺，幸虧我遇到了徐倩，要不然還真的就錯過這掙銀子的大好時機。」

這傢伙一開口就洩了底細，張口閉口就是掙錢。

水瑤無奈的笑了，難怪這傢伙前世生意做得那麼大，她才來沒多久，這傢伙就嗅到了商機，要說做生意的天賦，這個莫成軒絕對是高手。

「你這傢伙，幸虧沒告訴你，要是告訴你，說不定你就提前來了。怎麼，你這是剛下船？」

莫成軒嘿嘿笑。「我是聽客棧裡的店小二說的，這才找過來。聽說妳現在在做買賣？有沒有能一起合作的？我就喜歡跟你們做生意。」

也不怪莫成軒這麼想，跟水瑤做生意，他沒吃虧過，如今這丫頭跑到這裡來了，肯定是有商機。

水瑤把莫成軒帶到店裡坐下，給他倒了杯果汁。「這邊盛產茶葉，聽說北方和游牧民族喜歡喝奶茶，也許我們可以把茶葉賣到他們那邊去，也不用上好的，一般的即可。還有這邊的水果，如果加工成果汁和果酒，經過特殊處理，可以保存很長一段時間……」

聽著水瑤的生意經，莫成軒的眼睛頓時亮了，他一邊聽，一邊琢磨該用什麼辦法把這些東西賣給那些牧民。

兩個人一拍即合，立刻簽約，才剛落筆，水瑤就提起徐五和江子俊也在這邊的事。

「啥，這兩個傢伙在這裡？」他只知道江子俊要報仇，別的他還真不瞭解，這才多久的工夫，這兩人竟然還參與到戰事上了。

看周圍沒人，莫成軒低聲問道：「這可不是小事，別事情沒做成，腦袋卻不保了。」

水瑤無奈的搖搖頭。「唉，楚家的事情你也知道一點，就衝著他爺爺和他爹娘所受的罪，也得幫著討回來。別說是他，我舅舅遭受無妄之災，被人關了那麼久，這仇我也得報。」

莫成軒嘆口氣。「我也想跟你們一起，可我娘肯定不答應。」

水瑤白了他一眼。「你算了吧，你娘就你一個兒子，全都指望你呢！」

既然莫成軒來了，水瑤正好展開下一項計劃，有這傢伙參與，她倒是省事很多。

前世她曾聽番邦人說過，罐頭經過高溫消毒後，只要密封不透氣，保存的時間可以很長。在這高溫殺菌部分，水瑤做了許多嘗試，總算讓她研究成功了。

看到眼前的東西，莫成軒也覺得不可思議，彷彿都能想像得到以後財源滾滾的日子。

水瑤介紹道：「這個是果汁和果酒，這個是罐頭，夏天時放點冰在裡面會更好吃，這價格由你來定，不過我也不敢保證所有人都喜歡吃。回頭我會訂一些魚，這樣可以做成魚罐頭，保存時間會更長。」

莫成軒迫不及待地道：「那還等什麼，快點做，正好我離開時可以帶一批貨走。這可是金飯碗，咱們別給搞砸了，就靠這幾樣東西，都夠咱們吃喝一輩子了。」

這頭水瑤他們忙活生意上的事，江子俊他們也已經跟尹士成等人會合，兩幫人馬加在一起，外加收編的那些投降的官兵，他們這支隊伍已經成為一支不容小覷的力量。

看到莫成軒的第一眼，江子俊有些頭疼。這傢伙怎麼跟過來了？

「呵呵，江子俊，不對，我現在該喊你楚兄了，恭喜你收復楚家，現在你可是名副其實的楚家大少了！」

聽莫成軒那略帶調侃的語氣，江子俊滿是笑意地拍拍他的肩膀。「彼此彼此，你跟我說說，你怎麼會在這裡？不會是跟著水瑤他們後面來的吧？」

莫成軒給他一個「你明白」的眼神。「你們都來了，我怎麼就不能來？怎麼說咱們四個也算是患難見真情，別的我幫不上，做生意咱行啊，你們在前方打仗，我和水瑤就負責後方支援。」

徐五在一旁打量了下莫成軒。「我說莫少爺，我怎麼覺得你是過來趁火打劫的呢？我跟你說，我們家水瑤可是有主的人，你少打主意。」

莫成軒不可思議的盯著徐五。「啥？你說水瑤有主了？」

他都恨不得撲過去咬徐五兩口，他娘挺中意水瑤的，這傢伙怎麼那麼早就下手了？

「我可沒那麼大的膽子，對我來說，水瑤就像妹妹一樣。」徐五朝江子俊的方向努努嘴。「是他，家裡大人定下的，你要是有意見，找他們家大人去。」

這事江子俊跟徐五提過，他不想因為誤會讓他們的友誼蒙上陰影，早點說清楚比較好，既然他知道自己的心意，就不可能讓別人心裡再有其他想法。

莫成軒都想撲過去掐江子俊的脖子了，不過想想自己這身板跟人家根本就無法比，只能恨恨地看向江子俊。

「你這傢伙胃口可真好，我水瑤妹妹還小呢，你這麼早就下手了，小心噎到你！」

江子俊笑笑。「放心，我胃口好著呢！好了，咱們也別站著說話了，進屋去聊。」

莫成軒心裡有些失落，不過他也清楚，自己跟楚家比起來差了一大截，加上這是兩家大人作主的事，沒有轉圜的餘地。

落坐後，江子俊才知道水瑤和莫成軒正在做新的買賣，他不禁覺得自己這未來的小媳婦真是有本事，他是不是也應該再努力，免得配不上水瑤。

四個人再次聚首，大家邊吃邊聊，話題幾乎都圍繞在現在的局勢上。

莫成軒眨巴眼睛，看向徐五和江子俊。「你們說我要是把這罐頭什麼的賣給八王爺會怎麼樣？」

徐五抽氣，瞪了莫成軒一眼，沒好氣地道：「你這是什麼餿主意，這不是幫敵人害咱們自己人嗎？」

江子俊和水瑤聽到這話，陷入了沈思，接著兩人相視一笑。

「說不定這是個好主意，掙八王爺的銀子，也可以乘機接近他們，不過你去不適合，得派一個適合的人去才行。只是在這之前，你得先把這東西做出名堂來，南方我們楚家負責，北方由你做主，回頭讓五王爺那邊聯絡一下，賣給咱們的軍隊一些。」江子俊道。

水瑤可不管他們怎麼處理這事，反正她這邊只負責加工。

吃飯間，四人就把生意的大方向定好了。

「來，為我們之後的榮華富貴乾了！」

歐陽華和尹士成他們都沒想到，順腳過來看看，竟然會聽到四個半大孩子如此雄心壯志。聽到裡面的歡聲笑語，連他們兩人都不知不覺被感染了。

「看來我們還真的是老了。來，咱們也進去湊熱鬧去！」

有了歐陽華和尹士成的加入，大夥兒討論得就更熱烈了。只是關於賣罐頭到八王爺那邊的事，歐陽華覺得時機尚未成熟，不過倒是可以慢慢進行，畢竟若突兀的出現在八王爺的視線裡，依那人的謹慎性子，搞不好會弄巧成拙。

第一百一十二章

晚上，水瑤見到了曹雲逸。

說來叔姪倆要見一面挺不容易的，他整天忙活碼頭和渡口的事，回來時水瑤早就休息了，今天也是因為大家聚會，水瑤才比較晚睡。

看到曹雲逸回來了，水瑤跟他打聽了一下生意的情況。

「呵呵，這個買賣做對了，別看進帳的都是小錢，林林總總加起來可不少，而且每天都有進項，不像別的生意還有賠本的風險，這幾乎是坐收盈利。對了，今天人特別多，我看船上有不少人穿著特別，好像不是咱們中原人。」

水瑤驚訝。「每艘船隻都載滿了這些人？」

曹雲逸看向水瑤。「怎麼了，這些人很可疑嗎？」

跟水瑤和江子俊他們混在一起，連他都有了警覺性，姪女這一開口，他就知道這事有古怪。

水瑤頓時坐不住了，趕緊喊來李大，把這個消息告知江子俊他們。

曹雲逸不明白，這些人即便可疑，但有必要這麼急？

對他的這番疑惑，水瑤解釋。「我擔心這些人是八王爺的後備援軍。」

歐陽華那邊得到消息，立刻召集人手。韓灝霆不明白了，為什麼他大半夜不睡覺喊人出來，這外面不是挺太平的？

歐陽華便把曹雲逸今天看到的情況跟韓灝霆說了。

韓灝霆倒覺得歐陽華有些小題大作了，不過他也知道這人比一般人多了些心眼，且爺爺臨走時還囑咐他要聽歐陽華的吩咐。

他穿戴好盔甲，一起去召集士兵，他現在是軍隊裡的將官，一切要聽歐陽華和尹士成的安排。

召集好人馬，歐陽華並沒有讓士兵去其他地方，而是命人悄悄往渡口方向前進。

接著他令人做好埋伏，每個人都戴上面罩，全身都撒上防毒蟲的藥，至於為什麼這麼做，他並沒多做解釋。

尹士成不明白歐陽華這葫蘆裡究竟賣的是什麼藥，大晚上的不睡覺，趴在野地裡，那滋味可不好受。

「歐陽，這到底是什麼情況？」尹士成問。

歐陽華低聲道：「等等就有好戲看了。」

果不其然，在大夥兒快失去耐心的時候，前方突然出現一批人，這些人行進速度很快，簡直就是高人。

被歐陽華吩咐殿後的徐五和江子俊兩人在樹上看得明白，他們都不是那種沒見過世面的人，相反的，就因為知道的多，才覺得前面出現的人甚是詭異。

「快，讓人準備乾柴，隨時準備點火！」歐陽華命令。

那些人走進尹士成他們設的包圍圈，好像並不害怕，嘴裡還發出一種奇怪的聲音。

隨即，大夥兒聽到周圍傳來沙沙的響動。

尹士成一聲令下。「退回來，射箭！」

徐五他們在後面趕緊設置一道火屏障，看著四面八方湧上的毒蛇，連江子俊這個土生土長的江南人都不由得渾身泛起雞皮疙瘩。

這些爬行動物太可怕了，幸好之前他們身上都塗了藥，否則後果不堪設想。

那些被困在火屏障外的毒蛇則順著另一個方向，往尹士成他們所在地滑去。

「這可怎麼辦？」江子俊不由得驚呼。

「雕蟲小技，看我的。」

跟在徐五身後的崔武突然拿出一根笛子，開始吹奏樂曲，那些本來要攻擊尹士成他們的毒蛇挺著身子、吐著蛇信，卻不再往前了。

對方拚命發出奇怪的聲音，想驅使這些毒蛇，可惜架不住崔武的笛聲干擾。

江子俊看對方拔刀要衝上前，立刻道：「快，撒石灰粉！」

尹士成那邊也是，弓箭手的箭矢朝對方射去，可奇怪的事情發生了，那些箭明明射中了對方的胸部，那些人卻好像沒事一般。

「快退！」

隨著歐陽華一聲令下，尹士成他們趕緊往回撤。

隨即，奇蹟發生了，天上突然下起箭雨，接著是鋪天蓋地的粉末，看到這東西，尹士成好像明白是怎麼一回事，肯定是徐五他們的傑作。

「歐陽先生，高明！」

看對方停下前進的腳步，不停揉搓眼睛，捂著嘴巴，尹士成都想開心地大笑了。

之後發生的事更讓他驚奇，徐五他們竟然射出火箭，接著詭異的事就在他眼前發生——那些刀槍不入的人身上突然起火，整個人變成一團團火球，還有人在脫衣服。

這麼好的時機，他怎麼會浪費？對方明顯是穿了鎧甲，只是他不清楚這厲害的鎧甲是用什麼做的，如今既然對方脫下了，他們正好可以攻擊，看他們能怎麼躲？

「射箭！」

崔武也趁這個時機，指揮那些毒蛇去攻擊敵人，現在對方根本就沒空閒去控制這些毒蛇，正好給了他機會。

徐五回頭看到崔武的樣子，趕緊一掌敲昏這個好兄弟。之前那笛聲只能用來干擾對方，可若真的讓他去驅使毒蛇，他的內力根本掌控不了，估計還沒成功，人就先沒命了。

江子俊不明白，不過這時候他也來不及多問，拿起武器就衝了過去。

這場狙擊戰在半夜時分順利結束，不過他們這一方的人到底是損失了一些。

水瑤不知道她這次提供的消息幾乎挽救了所有人，第二天一早，她才從江子俊口裡明白實際的情況。

「天哪，那崔武怎麼樣了？」

徐五嘆口氣。「病了，我已經讓大夫開了藥，他這是勉強為之，當初學的時候就晚，那老乞丐卻死得早，他算只學了半吊子，不過也幸虧這半吊子，要不然即便噴上藥粉，依然阻擋不了那些毒蛇的攻擊。

「我估計他這內傷一時半會兒還好不了，軍隊那邊也不知道什麼時候開拔，帶著他不方便，更不利於休養，我打算把他留在妳這裡養傷。」

對於這事，水瑤沒有意見，本來就是他們的兄弟，留在這裡養傷也是應該的。

「那你們下一站要去哪裡？有目標了嗎？」

這事江子俊也不好說。「估計應該會跟孫玉成會合，我們一路下去，至少這一帶應該沒啥問題。」

既然江子俊他們要走，水瑤也攔不住，只能儘快讓人準備些吃的給大夥兒帶上。

「可你們走了，誰來守衛這個城池？萬一八王爺再打這裡的主意，那豈不是得不償失？好不容易打下來，難道就這麼放手？」水瑤有些擔心之後的問題。

徐五替水瑤解惑。「張大人已經從各個富商和地主鄉紳家借調不少人手出來，加上我們留下來的人，雖然人手未必就夠，但也不無小補。

「水瑤，如果妳還要留在這地方的話，就儘量幫張大人，雖說他為官多年，可畢竟年紀大了，還是個文官，有些計策未必有妳的好用。妳放心，我們已經跟他提了妳這邊的情況，到時候真有什麼事，你們兩個再合作。」

水瑤心想，他們也太看得起她了，就算她再有本事，終究還是一個女人。不過歐陽華那邊已經有了主意，她也只能盡力。

她嘆口氣。「行，我祝福你們一路勝到底，有什麼事捎個信來，能幫的我儘量幫。」

送他們離開時，水瑤並沒有過去，因為她不喜歡離別的情緒。

「唉，這仗什麼時候能打完啊，趕緊結束吧，我好接我娘他們出來啊，我都多久沒看到他們了……」水瑤嘆道。

「唉，我也想我娘啊，可惜她已經走了多年，我也想找我爹，可我不知道該到何處去找。」

水瑤被這沒來由的話嚇了一跳，抬頭一望，就見陸穎就在屋子的橫樑上。

「陸穎，下來唄！在上面待著多難受，不如咱們兩個坐下來好好聊一聊。」

陸穎在上面嘆口氣，擺擺手。「還是別了。」

既然陸穎不肯下來，水瑤也不勉強，倒是對陸穎的身世感到好奇。「陸穎，妳說妳娘沒了，那妳爹呢？他叫什麼名字？」

陸穎悠悠嘆了口氣。「要是知道，我早就找到他了。當時我還小，平時見到他的機會也不多，只知道我爹給我取的名字叫陸穎，至於是哪一個陸，我也不清楚……我娘被壞人害死，我被我娘藏了起來，後來壞人走了，我就自己去找爹，可我也不知道他在哪裡，再後來，我就遇到了我師父，他是五王爺的人，自此我就成了王爺的暗衛。」

陸穎說得很簡單，可聽在水瑤的耳朵裡，總感覺心裡酸酸的。

「要說姓路，我倒是認識一個人……」水瑤詢問一下陸穎的年紀，原來她十九歲了。

「要不這樣，我幫妳打聽一下，看看是不是我認識的那個人，妳先別著急，只要妳爹還活著，肯定有一天會找到的。」

她立刻著手寫信，就怕好事多磨。不管是不是真的，問一句也無妨，如果是，那她就是覥著臉也要跟五王爺要回陸穎。

她一早就讓李大把信送出去，同時她也在信裡詢問舅舅的情況，畢竟舅舅是跟楚家老爺子一起去的，老爺子應該很清楚才對。

晚上睡不著覺，水瑤就會跟陸穎聊天。

「妳說八王爺現在打到什麼地方了？咱們的大軍跟他交上手沒？」水瑤一直不清楚，加上她又來到這裡，消息就更不靈通了。

陸穎還真的知道這事，她躺在房樑上，慢悠悠地說道：「八王爺的領頭大軍已經抵達白河邊上，跟咱們的大軍隔河相望，據說朝裡有不少大臣主張和談，甚至還有人提出隔江分治。要我說，這些人就該統統拿下，嘴裡吃著皇糧，卻專出餿主意。隔江分治？那豈不是把富庶的地方都給八王爺了？為了這事，皇上大怒，至於怎麼處置那幾個人就不得而知了，我猜這些人不是跟八王爺有掛勾，就是貪生怕死之輩。」

水瑤在腦子裡想像兩軍對峙的情況，如果這麼一直耗下去，並不是長久之計，北方的財力不如南方，國庫那邊大筆稅收還是得靠南方來徵集。

難怪歐陽華會打上這邊的主意，水瑤了然地開口。「說得是，這根本就不是解決之道，那樣豈不是承認八王爺造反有理了？」

有一個人陪自己聊天，且這人還負責保護自己的安全，水瑤睡起覺來就格外踏實。

這兩日，她總覺得心裡有不好的預感，可究竟是什麼事，她也說不清楚。

「四叔，你多注意一下那邊的情況。」

曹雲逸很爽快的應承了。「那是當然，咱們在這邊做生意，還是太平點好，一旦打仗，我這生意也不好做。妳慢慢吃，我先走了，有啥事過去找我就行。」

看著急匆匆出去的曹雲逸，水瑤好笑的搖搖頭。四叔這是掙銀子掙上癮了，她猜這邊的生意一旦上了正軌，這傢伙肯定會想去別處繼續做買賣。

而距離此地的百里之外，曹雲軒正帶著一批人悄悄往這邊靠近……

第一百一十三章

上一次他派左護法出去，至今都沒有消息，他就明白，這人恐怕是折了。那可是他的左膀右臂，這段時間他一直想出這口氣，可八王爺根本就不讓他出來。

用八王爺的話說，帶著火氣去打仗，不說輸贏，就說這腦袋肯定容易被怒氣左右，他雖然不缺兒子，可少了一個也是損失，尤其他還頗看重這個兒子，所以這情況下他就更不能讓兒子過來了。

這次之所以派出曹雲軒，也是因為後援的先遣隊出了問題，這事他得趕緊解決，不然會影響整個戰局。

雖然讓曹雲軒帶人先過來，不過後援大軍馬上就到，他並不擔心兒子會出什麼問題。

曹雲軒得到消息，徐五、江子俊以及尹士成已經離開了，連這裡的守軍都帶走了，這個城池幾乎無人防守。

不過右護法比較謹慎，一路上不停讓探子去前面打聽消息，確認尹士成等人目前的動向。

「主子，咱們不能著急，至少得等援兵到達才行，咱們要是強行進去，未必就能討到好。」

左護法沒了，右護法也心有戚戚焉，平時兩人雖然一直在鬥，可相處這麼久，要說沒一點兄弟情義那是假的。

看到左護法的結局，他好像能看到自己的明天，也因此更加謹慎、小心。

水瑤剛走出門，崔武便告訴她一個意外的消息。

「小姐，剛才妳爹派人送信來，讓妳沒事就在家裡待著。」

曹雲鵬特地派人過來，讓水瑤心存疑惑。曹家人留在之前的縣城維持治安，卻大老遠的跑過來告訴她這個消息，怎麼想都覺得不簡單。

「崔武，那送信的人呢？」

「走了。小姐，有問題？」

「我也不清楚。」水瑤搖搖頭。「你藥吃了沒？」

崔武笑咪咪的點頭。「環兒給我熬好藥了，我這就去喝。」

莫成軒走進來，看水瑤一副若有所思的樣子，調侃道：「妳這又是犯哪門子的心思，想江子俊了？」

水瑤白了他一眼。「是你想吧？」

莫成軒笑了笑。「我一個大男人想他幹麼？妳跟我說說到底是怎麼回事？」

水瑤一臉正色的看向莫成軒。「我擔心敵人會趁這時候進攻這座城池。」

莫成軒不可思議地看向水瑤。「不可能吧，他們才離開多久，就算八王爺想派人來打，那也會有些動靜不是？連個人影都不見，他們怎麼打？」

莫成軒說的這事，水瑤也想過，可感覺就是不對。「不管是不是真的，這事咱們得有點心理準備。」

莫成軒直接給水瑤潑冷水。「連影子都沒見到呢，妳怎麼準備？就算他們來了，或許已經喬裝分批進城了，妳以為他們那麼傻？徐五他們都可以這樣做，對方也能夠學啊！」

莫成軒說的也是實情，水瑤不禁犯難。「那該怎麼辦，總得有點準備吧？我先去通知外頭，你在屋裡好好想想辦法。」

水瑤去找李大，讓李大幫她準備一些東西，之後她又去找莫成軒。

「你想出辦法沒？」水瑤跟莫成軒兩個人互相瞪眼。

莫成軒搖頭。「妳呢？妳一向點子多，想到好辦法了嗎？」

水瑤苦笑。「得，咱們兩個也別坐在家裡想了，到外面去看看。」

她帶著莫成軒先去找張大人。

對水瑤說的情況，張大人倒是挺重視的。「雲小姐，妳放心，咱們這邊白天、晚上都有人巡邏。」

水瑤也清楚，不過她還是覺得不夠。「這樣吧，這些東西給下面的人分發下去，如果有情況就吹哨子，大家互相也能有個警醒。」

水瑤手裡的這種竹哨子在外面很常見，都是哄小孩子的玩意兒，張大人沒想到這丫頭竟然會把這東西運用在這裡，不過想想也覺得這東西管用，便馬上派人分發下去。

曹雲軒一行趕過來後，他本人並沒有直接進城，而是派右護法帶著兩個人先進城查探一番，擔心其中有詐。

右護法進城一瞧，心裡都樂了，這麼一大塊地方，只留了那個張大人以及從各家調來的看家護院就能保衛？

可即便是親眼看到，他依然不放心，回去之後，仍然建議曹雲軒再觀察看看。

曹雲軒有些犯愁。「第一批人大約什麼時候能到？」

右護法推測道：「應該也就在這兩、三天吧，我們不如等一等，我總覺得這裡面有古怪，尹士成手裡雖沒那麼多人，可他身為一個將領，不是不知道這座城池的重要性，他會一點準備都沒有？」

看曹雲軒低頭不語，右護法又出一個主意。「要不這樣，派幾個人過去試探一下，看看他們都會是什麼反應？」

曹雲軒聽到這個主意，倒也同意，這可是他的老本行，這樣他也可以試探一下對方究竟是什麼路數。

之後幾天，城裡一片混亂，每天都有大批百姓逃離自己的家園，即便官府出面勸阻都攔不住。

面對這樣的情況，水瑤和張大人都束手無策，抓不到暗中搗鬼的人，就無法讓老百姓安心的留在這裡。

「怎麼辦？這裡的人都往外逃，再這麼下去，我可如何跟尹大人交代？」張大人急了，當初他雖信誓旦旦的保證過，可目前這困局，他也無法解決。

此刻水瑤和莫成軒倒是一臉淡定，之前兩人討論過了，對方恐怕是在試探他們。

「先穩定人心，儘量抓住那些搞破壞的人，我們懷疑應該是敵人混進了城裡。」水瑤道。

身為臨時官的張大人認為目前自己的職責，就是得帶頭讓大家信服，除了以身作則留守這裡，還走訪親朋好友，說服他們留下，再請他們相互轉告出去。

另外，他還在各個要道都貼出告示，告知那些想要離開的人，這是有人蓄意搗鬼，離開也未必就是最好的決定。

曹雲軒當然知道城裡的應對措施，而且他還得到了一個消息——他那個好姪女也來了。

想到這裡，曹雲軒的眼神好像淬了毒一般。

自從這個死丫頭到曹家後，所有事就沒一件順利的。這次可讓他逮到人了，這新帳、舊帳該一併算了。

「頭兒，咱們的人馬上就要到了。」右護法稟報道。

曹雲軒就等著這一天呢，第一批人並不是在這邊下船，而是在另外一處靠岸，這樣他控制碼頭和渡口就容易多了。

「讓咱們的人今天晚上做好準備，繼續搗亂……」

人手馬上就要有了，曹雲軒這底氣自然就足了，他就等著這一天。

另一頭，水瑤帶著手下喬裝出城，就好像普通百姓一般出來逃難，她也想知道，對手究竟躲在什麼地方？

可惜城外這麼大，每一處都有可能藏人，她沒那麼多人手一個一個慢慢搜查。

敵人這麼鬧，肯定有目的，至於目的是什麼，她暫時還猜不透。

「李叔，你帶人去碼頭，先跟我四叔打聽一下，這段時間有沒有一直停泊的船隻？如果有的話，或許人就在上面。我帶人到樹林裡去看看。」

李大雖然不放心，可也知道目前沒有更好的辦法，囑咐水瑤兩句，兩人便分頭行動。

水瑤和陸穎裝扮好，提著籃子進山，而此刻曹雲軒已經帶人分批進入城裡，至於這山上，他只留幾個人做接應。

在曹雲軒的認知裡，水瑤聰明是聰明，可沒有徐五和楚家那小子幫忙，她頂多就是個有勁沒地方使的人。

可惜他又錯了，水瑤不僅來了，還帶著陸穎解決掉他留在山上的那些人。

雖然陸穎的功夫不是最高，可她使暗器和下毒的技巧卻是一流。

「水瑤小姐，我雖然不瞭解曹雲軒這個人，可大老遠的過來攻打縣城，就目前在山上這些人手，恐怕不大可能，他的主要目標恐怕還是在渡口，碼頭那邊應該也會派人過去，只要確實掌握這兩處，那他們的援兵就可以順利通過。」

至於怎麼決定在水瑤，陸穎只是說出自己的觀點。

水瑤心裡暗想，她該怎麼辦？

城裡的兵丁根本就無法跟曹雲軒這些人對抗，且她手裡的人也不多，城裡、碼頭、渡口，不可能全部顧及，哪怕其中一個，她也不敢說肯定能保住。

那就只能挑重點了。

她轉頭吩咐跟著自己來的兄弟。「你回頭把這裡的情況說一下，曹雲軒他們可能混進了城裡，讓張大人多注意，另外把咱們準備的所有武器都帶去碼頭。」

第一百一十四章

接著水瑤轉頭對陸穎說道：「陸穎，妳想辦法徵調渡口附近的漁船去出海口……」

陸穎一聽，眼睛都亮了，難怪尹士成他們敢放心的離開，即便只留水瑤在這裡，這個曹雲軒想得逞也有些難度。

「行，我去辦這事，妳自己多當心。」

情況緊急，水瑤也沒法考慮更多，對方敢如此做，肯定是援兵要到了，她只能想辦法從源頭阻止這些人進入。

另外，她心裡還有個小小的希冀，她把希望放在歐陽華身上。

所以，她首選目標就是碼頭，至於其他的就留給別人去顧了。

半路上，她就碰到帶人回來的李大，李大說碼頭那邊並沒有發現可疑人物的身影。

「李叔，事情有變……」水瑤把李大拉到一旁，跟他說了下目前已知的情況。

「那我去接應一下，那麼多的東西可別弄丟了，咱們還指望用這些幫咱們打敵人！」

不是李大小心，而是他不放心啊，這些東西可是他們趕製出來的，想要殺敵可就靠它了。

「你抓緊時間趕緊回來，我擔心他們現在已經悄悄在碼頭附近部署了，也是他們厲害，竟能藏得滴水不漏。」

打發走李大後，水瑤把自己帶來的人都召集過來，分別指派任務。

李大他們行動很快，東西都運過來了，但在那些殺手的眼裡，李大他們這些人只是運送貨物到倉庫，所以並沒有關注太多，畢竟碼頭一天到晚人來人往、提貨送貨，他們要是一個個注意也忙不過來。

他們主要目的是攻下這裡、掌控這裡，不過現在還不是時候，曹雲軒說過，要天黑才動手，那樣人少，方便行動，碼頭這邊的官兵也沒那麼警戒。

水瑤尚不知道這些人藏在哪裡，她直接去曹雲逸開的鋪子。

「水瑤，妳怎麼過來了？李大剛才已經來一趟了。」對姪女的突然出現，曹雲逸有不好的預感。

水瑤也不瞞他，把事情說了一下。「四叔，你天黑之前趕緊打烊，也別回去了，就在店裡睡吧，反正這地方跟城裡差不多。」

曹雲逸瞪大眼睛。「這麼嚴重？難不成今天晚上他們會發動攻擊？」

水瑤點頭。「四叔，我需要你給我一些乾糧，讓我帶走。」

一聽水瑤要的數量，曹雲逸知道這孩子恐怕是帶人來了，便趕緊去準備。

好在水瑤帶了籃子過來，裝進籃子裡也沒人會注意，她就像個普通的漁家女一般，走向了倉庫。

晚上，熱鬧的碼頭終於一點點恢復平靜，水瑤他們躲在暗處，等著對方的到來。
在那些巡邏的官兵眼裡，今天跟平常一樣，沒什麼異常，可今天注定跟以前不一樣了，因為曹雲軒的人已經帶著那些半路下船的援兵包圍過來。
在這些人面前，那些巡邏的士兵就如螻蟻一般，根本沒多少反抗能力。
就在他們準備大殺四方時，身邊突然響起鞭炮以及爆炸聲，煙霧瀰漫，讓他們無法看清楚彼此，也沒給他們反應的時間。
水瑤聽到慘叫聲不絕於耳，臉上帶了一抹冷笑。「炸吧，讓你們也嚐嚐我特意為你們準備的東西是什麼滋味。」
躲在鋪子裡的曹雲逸聽到外面的聲音以及火光，嚇得縮在屋角，愣是不敢動。他姪女提醒過，叫他不要開門，哪裡也不准去，可這聲音聽了讓人膽寒，跟過年放爆竹的聲音不一樣，夾雜著鬼哭狼嚎，在寂靜的夜裡更顯陰森。
暗中保護水瑤的陸穎突然發現遠處駛來的大船。
「小姐，敵人的船！」
水瑤不用看，她也看不到，周圍到處都是硝煙，也就只有站在倉庫上面的陸穎才會發現。
水瑤趕緊讓身邊的人去通知堵在出海口的那些人做好準備，那邊人不多，也不知道能不能挺得住？

這邊戰鬥還沒結束，還有那些漏網的，陸穎就在暗處時不時偷襲幾下，不過殺手就是殺手，即便損失大半，戰鬥力依然強悍，而且這些人後來學乖了，都戴上面罩。

還沒等煙霧散去，他們已經往水瑤這邊衝了過來。

就在這關鍵時候，外面響起喊殺聲。

「小姐，咱們的援兵到了！」陸穎看得真切，那些人不是敵人的援兵，而是自己人，因為穿的衣服各式各樣，明顯就是尹士成那邊臨時組織起來的人。

這些殺手作夢都沒想到對方竟然還有一批援兵，他們一個個轉頭看向海面，看到大船已經靠近，不由得放下心——他們的援兵也到了！

可惜他們高興得太早，援兵離他們有段距離，即便從船上射箭，也射不到這裡。

水瑤看到一馬當先的張二虎他們，心裡不由得樂開花。她就說嘛，歐陽華怎麼會說走就走，敢情他這是殺了一記回馬槍！

大船上的對手不是沒看到岸上的人打得熱火朝天，因此他們並沒有在碼頭停船，而是直接往出海口駛去，只是沒想到，出海口已經被各艘漁船堵住，起先他們還想靠大船的優勢撞開，也真的起了作用，那些密密麻麻的小船愣是被擠到一邊。

後面的大船也陸續地跟過來，誰知小船此刻突然起火，連續的爆炸聲讓跟小船貼得很近的大船也跟著起火。

船上載了那麼多的人，周圍都是著火的小船，他們就算跳到水裡，依然逃不過被燒的命運。

躲在城裡的曹雲軒不知道大船這邊敗得那麼慘，相比之下，他更擔心城裡的情況。

不過真的親眼看到，他又放心了，城裡的兵幾乎都是看家護院的打扮，他留了十來個人在城裡搗亂，其他人則帶去渡口，只要控制住這裡，從海上來的人才會停下來幫忙，也能獲得補給，攻下這座城就更不是問題。

也正如之前探聽到的消息，對方部署在渡口這邊的人少，幾乎都不夠他們玩，那些人看到他們來了，隨便招呼兩下就四散逃開了。

曹雲軒冷哼一聲。「也不過如此。迅速佔領渡口，你們幾個負責周邊警戒，咱們的大批援兵馬上就要到了。」

這時他才仔細觀察地形，心裡突然有種詭異的感覺，如果這時尹士成的人突然趕到，他們還真的沒地方躲藏，因為身後就是大河。

「你們趕緊散開！」他現在有些擔心，一旦這邊埋伏了人，真的就退無可退了，希望老天爺這次能幫他。

可惜，老天爺並沒有聽到曹雲軒的祈禱，或者是他作孽太多，連老天爺也看不過眼。還沒等他們散開，四周突然燈火通明，曹雲軒頓時吃了一驚，之前他不是沒觀察過周圍，這些人都是從哪裡冒出來的？

站在他面前的是曹家三兄弟、徐五和江子俊，這幾人看向曹雲軒的眼神，像是恨不得剝了他的皮、喝光他的血。

曹雲軒雖然看不清楚對方的表情，但看身形，多少也能猜出對方是誰。

「曹雲軒，你看看我們是誰，曹家被你害得家破人亡，今天就是你的死期！」曹雲鵬道。

曹雲軒看著對面的人冷笑。「呵呵，就你們幾個廢物還敢說大話？今天才是你們的死期！」說罷，他手裡的暗器朝曹家兄弟飛了過去，誰知他的暗器卻被盾牌擋下。

「射箭！」

江子俊一聲令下，後面準備好的弓箭手瞬間齊發，曹雲軒這邊的人根本就沒有進攻的機會，只能被迫擋箭。

不過江子俊他們這邊不光射箭這麼簡單，他們準備可多了，一根根裝著油的竹筒朝他們扔了過去，被潑到的人只要沾了油，隨後扔過來的火把瞬間就將他們變成火人。

徐五這邊已經張開大網，朝這些人圍將過去，閃避不及的一股腦兒都被掃下河裡。

曹雲軒見到這局面，心想一味躲閃，只會讓對方目的得逞，於是他果斷地下達了攻擊令。

他首當其衝地挺劍飛過來，目標正對著曹雲祖。曹家沒了這個大兒子，想必那個老傢伙會更心疼吧？

可惜斜旁突然冒出一把劍擋住曹雲軒的攻擊，他抬頭一看，竟然是江子俊。

「哼，找死！」

兩人瞬間纏鬥在一起。

躲過之前攻擊的人，現在也手拿武器，朝徐五他們發起進攻。

突然，爆竹聲瞬間響起。「呵呵，讓你也嚐嚐加了料的是什麼滋味！」

原來是莫成軒這傢伙趕來了，他一邊扔爆竹，一邊幸災樂禍。還是水瑤好，給他留了這麼多好東西。

之前張大人派他過來的時候，他心裡不是沒有忐忑，可身為水瑤他們的朋友，他不能退縮，只得硬著頭皮接下這個差事。

看到莫成軒扔得起勁，徐五一把抱著他轉個身，隨即一枚暗器貼著他們兩人的身邊飛過去，後面的人瞬間倒地身亡，原來這暗器是淬了毒的。

躲過一劫的莫成軒心有餘悸地拍拍自己的小胸脯。「兄弟，謝謝了。」

徐五可沒工夫跟他廢話。「自己當心些。」

接著他拎起武器過去幫江子俊，而曹雲鵬則指揮身邊的人繼續圍剿殘餘的敵兵。

曹雲軒一邊打，一邊看向周圍，他的手下竟沒幾個活著，本來信心十足的他現在也萌生了退意。

第一百一十五章

說起來，江子俊的功夫不如曹雲軒，畢竟曹雲軒經過高手訓練，而江子俊自幼家破，不是躲藏、討生活，就是尋找父母和爺爺的下落，雖然後來也不間斷的練習，可跟曹雲軒這個高手比起來，還是有些差異。

江子俊已經落了下風，沒想到徐五這時候過來幫忙，雖然兩個人的功夫半斤八兩，饒是這樣也讓曹雲軒一時之間難以逃脫。

曹雲傑在一旁看了一會兒，手裡拿著竹筒等待機會。

曹雲軒一向居無定所，而且身邊還有那麼多人，加上八王爺的勢力，他們曹家人想要這個人的命是何等困難？所以他一瞅準時機，就往曹雲軒身上潑去一竹筒的油。

曹雲軒正打得眼紅，突然被曹雲傑這一潑，瞬間大怒，正要飛身過去攻擊曹雲傑，徐五手裡的火摺子也朝他飛射過去，徐五手下的兄弟一直在暗處等待機會，他手裡揮著繩索，趁曹雲軒身上著火，繩索也朝曹雲軒拋擲過去，準確地套中曹雲軒的脖子，愣生生地被人從空中拉落在地。

曹雲傑不禁嚇得後退幾步，心裡暗自慶幸，這劍要是過來，他的小命肯定不保。

徐五和江子俊根本就沒給曹雲軒掙扎的機會，兩人拿著武器朝他刺了過去。

曹雲軒不可思議地看向自己胸前，江子俊拿著劍，正好穿過他的心。

曹雲傑看著曹雲軒慢慢倒在地上，手心都冒出冷汗了，看徐五他們過去踢了曹雲軒一下，緊張地問：「死了沒？」

江子俊冷哼道：「死了，可惜死得太快，真是便宜他了。」

徐五朝那個揮出繩索的兄弟伸出大拇指。「輝子，幹得好，回頭請你喝酒吃肉！」

能誅滅曹雲軒，連輝子都覺得有些意外。「大哥，好說！」

接著徐五和江子俊趕緊帶人去清理戰場。

這一夜，注定是難眠之夜，歐陽華穩坐屋內，聽著各處報來的消息，對尹士成一笑。

「大人，我們贏了。」

這一句話，在兩人心頭激起陣陣漣漪，嚐到百般滋味。為了讓敵人上當，他們可沒少吃苦頭，不說別的，就說這往回趕，連鞋子都磨破了，好在他們回來得及時。

尹士成滿臉激動，看著外面的天空，思緒不知飄到了何處。

歐陽華繼續道：「唯一出乎我意料的就是水瑤小姐了，這姑娘連我都深感佩服啊，簡直太厲害了。」

尹士成跟著感慨了一句。「是啊，她為我們爭取了時間和機會！」

這一點連歐陽華都不得不承認，他算到敵人會趁他們離開時奪取城池，但並不知道對方的兵早已經抵達了這裡。

「曹雲軒死了，八王爺那頭肯定不會善罷甘休！」尹士成沈吟道。

歐陽華笑了笑。「即便如此，目前他也沒有更好的辦法了。水瑤消滅的那些敵人，我猜也只是後援軍的一部分，剩下的必定會改道前進，再派人過來攻打這地方已經沒多大的意義了。」

城裡，面對步步逼近的人馬，渾身是傷的右護法勉強揮著手中的武器，無奈他已經是強弩之末。

他身上的血都快流乾，根本就沒多大的力氣，只見對方的士兵們衝上來，手中的長槍陸續刺中他的腹部。

右護法用劍支撐自己的身體不願倒下，他作夢都沒想到自己會是這樣的結局，一切都計劃得很好，怎麼會變成這樣？

他想不明白，唯有睜著一雙眼睛，眼裡一點點地失去了光彩。

「死了。唉，說起來這也是條漢子……」

面對寧死都不願意倒下的右護法，這些士兵倒也敬佩他這份骨氣，可惜跟錯了人。

「行了，趕緊四處看看，還有沒有漏網之魚！」

城裡的人加緊盤查，而水瑤這邊在清理完戰場後，看著被血水染紅的水面，久久說不出話。

她的內心其實並不平靜，還在燃燒的漁船以及水面上漂浮的屍體，無不在在提醒她這裡死了多少人。

小姑娘一臉凝重的表情，陸穎怎麼可能看不出來？她安慰道：「我第一次殺人時，也是整夜睡不著覺，內心更煎熬著，可我師父說了，我不殺對方，也會死在對方手裡，時間長了，也就知道是那麼回事了。」

水瑤長嘆一口氣。「雖然這些人是叛軍的援兵，可他們也是普通的百姓，就因為他們的頭兒跟八王爺勾結，才造成今天這個結局。

「戰爭太殘酷了，有多少家庭會失去父親以及兒子，最痛苦的恐怕就是他們的親人了。唉，回頭讓廟裡的師父給他們作一場法事吧，超渡這些亡靈。」

她能做的只有這些，希望他們投胎後，能過上平靜安寧的生活。

「水瑤？水瑤？如果聽到我的聲音，妳答應一聲——」

聽到遠處曹雲逸傳來的聲音，水瑤的心不由得一暖。終究是曹家的人，在這時候竟然還想到要出來找她。

「四叔，我在這裡！」

曹雲逸聽護衛說外面戰事結束了，這才帶人出來看看，只見到滿地屍體和遍地的血，他打聽到這孩子在河邊，才找了過來。

「水瑤，妳怎麼樣，沒事吧？」

看曹雲逸一路跑過來，水瑤搖搖頭，嘆了口氣。「我就是有些不舒服，死的人太多了。」

曹雲逸苦笑了一聲。「如果他們進城了，恐怕又是一番殺戮，妳其實是為了這一座城的老百姓才這樣做，妳是他們的救命恩人呢！」

水瑤盯著水面上那些載浮載沈的屍體。「是不是都不重要，畢竟死了那麼多的人……回頭讓人把屍體打撈起來吧，也不知道戰爭期間的屍體都是怎麼處理的？」

很多事情她也無奈，若不幫忙，江子俊等人的努力就白費了，或許他們也會在這一夜之間沒了性命。

沒人知道水瑤心裡是怎麼想的，回去已經是大半夜了，大家都累了一天，誰也沒心情說話，只想倒在床上好好睡一覺。

第二天，眾人神清氣爽地起來做事，水瑤卻在這個時候病了，人突然燒得迷糊。

徐五、江子俊和莫成軒本來還有事情要處理，一聽到消息，哪裡還有心情做事，尤其是江子俊，拉著大夫就過來瞧病。

「唉，肝氣鬱結，外加受驚，這小姑娘心思重啊，你們這些家人和朋友都多勸勸，沒有什麼事是想不開的。」

莫成軒想到昨晚發生的事，情緒立刻有些激動。「肯定是被那些死人給嚇的，不然好好的人怎麼會突然變成這樣？」

陸穎在一旁嘆氣，把昨天晚上發生的事跟大家說了一下。「你們今天還是安排人打撈屍體吧，漂在河上也不好，水瑤姑娘也說了，要作一場法事，或許是因為想多了才會如此，你們先去替她辦這事，家裡這邊還有我呢！」

江子俊拉著水瑤的手，一臉心疼。「為這些人折磨自己，多不值得。妳別想那麼多，這些人就算不死在這裡，早晚也會死在戰場上，只是地點不同罷了，至少死在這裡還能留個全屍，說起來，他們還應該感謝妳，至少他們的魂魄能回歸故里……」

江子俊也不知道自己說的這些話，水瑤能不能聽進去，不過既然水瑤有這個心願，那他就替她來完成，早點解決這事，說不定水瑤的病情就會好轉。

由陸穎照顧水瑤，他們三人很放心，便先去辦事了。

曹雲逸看著虛弱的姪女，連連嘆氣。「這丫頭就是太要強了，早知道會這樣，我就不讓她過去了，說心裡話，這事也輪不到她一個小姑娘出頭，唉！」

話音剛落，曹家哥三個和尹士成以及歐陽華都過來探望水瑤。

在他們心裡，這丫頭從來都是一副泰然自若的樣子，這麼脆弱的模樣，他們還是頭一次見到。

「水瑤，醒醒，爹來看妳了。」

曹雲鵬看著躺在床上、臉色潮紅的女兒，眼淚忍不住往下淌，心疼得都不知道該說什麼好。

「妳這傻孩子，老實待在家裡不好嗎？那麼多壞人，妳說妳一個小姑娘萬一有什麼三長兩短，妳讓爹娘該怎麼辦？」

聽著曹雲鵬的哭訴，在場的男人無不跟著心酸。

「唉，水瑤還是過不了自己心裡那道坎，總覺得死了那麼多人跟她有關係，這孩子也是鑽進牛角尖了。水瑤，趕快好起來吧，不然我們大家看著都心疼。對了，忘了告訴妳，曹雲軒已經死了，你們的仇也報了，妳可以安心養病了。」

到底是軍師，歐陽華能理解水瑤為什麼會變成這樣，水瑤一個小姑娘，即便膽子大，又能大到哪裡去？

男人見了那些屍體，尚且都膽戰心驚，更何況是水瑤？

「藥來了！」環兒端著藥走進來。「三老爺，快讓讓，我給小姐餵藥。」

她剛說完，藥就被曹雲鵬搶去了，自己的閨女，他要自己來照顧。

「大人，我想留在這裡照顧孩子幾天。」曹雲鵬請求道。

面對曹雲鵬的要求，尹士成怎麼可能不答應？

「行，沒問題，咱們還得在這裡休整一段日子呢，有什麼需要，你就讓人過來找我。」

等水瑤清醒過來時，已經是第三天的事情了，看到面前那張滿是鬍渣的臉，水瑤的心頓時一酸。

「爹……」

曹雲鵬立刻激動不已。「丫頭，妳還有哪裡不舒服，告訴爹，爹找大夫來！」

看曹雲鵬急忙要出去的樣子，水瑤拉住他的手。「爹，我沒事，只是有些累，你陪陪我。」

曹雲鵬聲音帶著哽咽。「丫頭，妳快把爹給嚇死了，我就怕啊……怕妳再也醒不過來了。」

看著如此的父親，水瑤還真有些不適應，以前她根本沒體會過父親在她生命中的意義，可現在她或許懂了。

「爹，我餓了。」

曹雲鵬還沒來得及感傷，就被水瑤這話逗得笑了出來，趕緊喊環兒送飯過來。

「小姐，妳都昏睡兩天了，三老爺也一直沒合眼！」環兒一來就道。

水瑤聞言，趕緊攆曹雲鵬去休息。

「爹，你可不能倒下，我不想繼續當沒爹的孩子，你休息好了，以後我才有依靠。」

曹雲鵬第一次聽到閨女跟他說這樣的話，以前這孩子太獨立、太有主見了，即使他想跟孩子親近都找不到機會，看到如此依賴他的女兒，他感覺自己這個父親責任重大，為了孩子，他也得好好保重身體。

江子俊和徐五處理完事情，剛進門就看到水瑤在吃飯，兩個人驚喜地衝上前來。

「水瑤，妳好了？」江子俊笑問。

水瑤笑著點頭。「差不多了，害你們擔心了。都過來坐，正好粥煮得多，你們也都喝一碗。」

兩個人也不跟水瑤客氣，三個人邊吃邊聊，水瑤這才知道他們為什麼這麼快的殺回來。

「這個歐陽華也真是的，既然早有安排就說一聲，誰知道他葫蘆裡賣的是什麼藥，敢情連我都騙過去了，他還真是保密到家。」

江子俊笑道：「可不是？不過也幸虧如此，否則曹雲軒能上這個當？如今把曹雲軒剷除，我心裡的大石頭總算是落了地。」

徐五在一旁不忘提醒。「你可別忘了，他身後還有一個更大的主子八王爺，他早晚會跟咱們對上，這老王八蛋心裡可壞著，咱們未必就是他的對手。」

第一百一十六章

話音剛落，門外就響起叫好聲，江子俊他們一轉頭，就看見路霆楓出現在門外。

「路伯伯，你怎麼過來了？」水瑤問。

門外的路霆楓風塵僕僕，可渾身上下散發出的興奮卻顯而易見。

「我怎麼就不能來？要是沒來，我還不知道你們竟然幹了這麼一件大事！」

江子俊不知道內情，可水瑤心裡明白，之前她寫信提過陸穎的身世，現在路霆楓出現在這裡，是不是代表陸穎跟他真的有關係？

「路伯伯，你是為了陸穎的事而來的吧？」

這孩子就是通透！路霆楓心裡暗自讚嘆。「是，陸穎在哪裡？我要見見她。」

雖然水瑤信裡說的那人跟他女兒情況相似，可找了那麼多年，他失望了太多次。

還沒等水瑤喊人過來，她就聽到窗外傳來瓷器的碎裂聲，接著路霆楓像是一陣風般從門口消失了。

江子俊和徐五閃身跟了出去，水瑤身體虛弱，便沒下床，只打開窗戶往外瞧。

院子裡，陸穎和路霆楓兩人淚眼婆娑地看著對方。

「爹？」陸穎試探地喚了一聲。眼前這個男人，她模模糊糊記得小時候曾見過，而且不知為何，一看到這男人，她心裡便湧上一股異樣感。

看到陸穎，路霆楓已經不再懷疑——這孩子跟他妻子長得太像了！

他一把抱住失散多年的女兒，父女倆在院子裡相擁痛哭。

這幕父女重逢的場景，連水瑤都跟著掉了幾滴眼淚，江子俊和徐五則默默退了回來。

「真是沒想到，路伯伯的女兒竟然是陸穎……你們不知道，這些年他為了找這個孩子，幾乎走遍了整個離國。當初我們楚家出事時，路伯伯也是出去找他女兒，後來費了那麼大的勁才找到我們……」

江子俊非常清楚路霆楓這些年為了尋找女兒所做的諸多努力。

水瑤和徐五聽了，跟著感嘆。「合該他們父女兩個有緣分，要不是五王爺把她派給我，我也不知道這其中的緣分，真是幸好我多嘴問了這麼一句。」

水瑤其實更想知道洛玉璋現在的情況，可看到院子裡好不容易相認的父女，她也不想打斷他們，這事只能等等再說。

等父女兩個說完話，太陽已經快下山了，路霆楓牽著女兒過來跟水瑤道謝。

「路伯伯，使不得！都是自己人，謝謝就不用了，至於陸穎姊姊的身分，回頭我會跟五王爺說一聲，讓他還你女兒一個自由身。」

有水瑤這句話，路霆楓是徹底安心了，誰願意看到自己的女兒天天在外面打打殺殺呢？尤其這孩子還跟他失散了這麼多年，他想親自帶著自己的女兒，幫她找一門好親事，孩子大了，可耽誤不得。

「那敢情好，謝謝我就不說了。對了，關於妳舅舅的事，妳不用擔心，他好著呢，估計是掙了不少的銀子……」

說起洛玉璋，路霆楓都覺得這人絕對是個人才，他在鄰國發現一種原石，只需花少少的錢找人加工，就能做成許多漂亮的玉石首飾，光靠這一項，估計能掙不少錢。

水瑤聽完路霆楓的描述，都不得不佩服舅舅的好運氣。

「路伯伯，你現在就要帶陸穎姊姊離開嗎？」水瑤問道。

路霆楓搖搖頭，他現在貿然帶孩子離開，對五王爺不好交代，且現在水瑤身邊還需要人，至少等局勢都安定下來後，大家才能放心。

「不了，妳回頭跟五王爺說一下，能讓妳陸穎姊姊回歸自由身我就很感激了，且現在也要等這場仗打完不是？只是我們那邊情況不大樂觀，留在妳身邊我反而能放心些。」

這幾天，江子俊就留在水瑤身邊照顧她，至於外面的事情，則都交給徐五去處理。

這天，江子俊樂顛顛地端碗東西走進來。

「來，這是我用山上採的竹筍以及獵來的野雞燉的湯，妳嚐嚐看好不好喝？」

看江子俊那一臉關切的樣子，水瑤心裡很受用，喝了一口，臉上漾滿笑意。

「真鮮，你也喝一口吧！」

江子俊就著她的勺子也喝了一口，眼神中滿是柔情，又給水瑤餵了一口。

水瑤後知後覺地發現兩人竟然用一支勺子吃飯，有些不好意思地低下頭。

江子俊哪會讓她躲開？「來，多吃點。」

於是兩人就這麼分食完一碗雞湯，江子俊還怕水瑤吃得少，又去廚房盛一大碗過來，待兩人吃完，水瑤這肚子也快撐破了。

「好了，我不吃了，真的太飽了。」

江子俊也不勉強，趕緊擰了條濕巾過來給她擦擦嘴和手。

「妳啊，以後可別逞強，有我們這些男人在，戰場上的事妳就別操心了，自己想做什麼就做什麼，等到這裡生意做得差不多了就回去吧，這樣我也能少擔心些……」

水瑤點點頭。「等這邊局勢穩定後我就離開，家裡那邊我也不放心，你自己也要多當心，別逞能，活著才是最重要的，我在家裡等你回來……」

水瑤身體恢復後，江子俊也歸隊了，她帶著陸穎去找歐陽華和尹士成他們。

曹家這哥幾個帶著罪人村的人一起出來幫忙打仗，著實勇氣可嘉，可水瑤其實不是很贊同他們跟著一起衝鋒陷陣，畢竟曹家兄弟幾個本來就不是有身手的人，且打仗也不一定得跟敵人真刀實槍地對幹，還能另闢蹊徑。

她這次過來，就是要談談這途徑。

歐陽華和尹士成對水瑤的觀點非常感興趣，就連張大人都覺得頗有新意。

「也不能說我徇私，我覺得每個人都應該安排到正確的位置上。你看，就拿我爹來說，他是個讀書人，也當過官，若拿下了下一個地方，可以考慮用他來做管理者，當然這只是暫時的，等到皇上那邊派人來，自然會讓出這個位置，至於我爹的能力，想必你們都聽說過，我就不贅述了。

「曹家其他的人，都是商人出身，咱們打仗沒有後防的支持，肯定不行，尤其你們離開了主要部隊，皇上的援助到達不了，可這士兵打仗，總不能不給吃的吧？況且還有馬匹、軍械等物資。」

這事尹士成心裡明白，打仗不僅靠的是士兵，歐陽華則眼神熠熠地看向水瑤，其實之前他也想到了軍資不足的問題，這回水瑤可給他解決了大難題。

張大人更是拍手叫好。「說得太對了！人盡其用，既然曹家人都是商人出身，不如讓他們回去做老本行，掙了銀子正好可以補給，至於這本錢，從衙門裡出，到時候記個帳，這樣兩邊都放心，以後也不會有麻煩。」

水瑤也是這個意思，沒指望曹家這些兄弟從中獲得什麼好處，只要不浪費他們這一身本事就行。

事情商量妥了，張大人便喊來曹家哥幾個談話。水瑤則先回去，這後續的事情，想必大伯和她爹自然能處理。

另一頭，宋靜雯得知兒子沒了的消息，頓覺撕心裂肺。

「我的兒啊——」她一口老血噴了出來，直接昏死過去，嚇得屋裡的下人們一陣忙亂。

八王爺坐在椅子上沈默不語，眼中已然有了淚光。

曹雲軒這個兒子，打小生在外面，在別人的家裡長大，他雖然沒想過給這個孩子一個名分，可終歸是自己的骨肉。

那孩子平時的刻意討好和親近，他不是沒感受到，可惜他還沒成大事，人就沒了，讓他情何以堪？

而跟八王爺心情相反，那些在王府長大的兒子們，對曹雲軒這個來路不正的野孩子是打從心裡排斥的，尤其父王竟然將這娘兩個帶在身邊，將京城那些親人棄於不顧，這也讓他們心裡對宋靜雯母子倆格外痛恨。

如今曹雲軒死了，就少了一個競爭者，他們在心裡幸災樂禍的同時，臉上還不忘作戲，彷彿曹雲軒的離去對他們打擊甚大。

八王爺可沒那個心情去看這些兒子，他坐在屋裡沈思著。

起先他亦有考慮要隔江而治，可現在他不這麼想了，就算他能放過皇上，可是以後呢？皇上會善罷甘休？既然已經做了，那不如就做到底。

尤其現在皇軍仍舊兵力不足，即便自己的援軍一時半會兒還無法到達，可就憑他現在的實力，也足以跟那些人抗衡了。

水瑤不知道曹雲軒的死反而激起八王爺更想要一統天下的決心。

等他們知道八王爺的人要過河的時候，水瑤只是苦笑一聲。「看來這一仗早晚都要打，唉，希望少死些人……」

江子俊他們已經開拔了，這邊的生意也上了正軌，水瑤便打算要回去了，畢竟還有陸穎的身分問題要解決，這樣路霆楓也能早點放心。

環兒和陸穎聽到她要回去，都吃了一驚。「這麼快？」

水瑤笑笑。「離開家這麼久，咱們也該回去了，反正這邊有人管，咱們暫時不用擔心。」

環兒想想也是，她覺得這地方還是不如益州住得習慣。

至於曹雲逸，暫時還不能離開，他想繼續在這邊盯著。

其中最高興的莫過於莫成軒了，他從這邊訂了不少的貨，急著回去開發市場呢！

第一百一十七章

如今曹家老太太的身分已經公開，她也不必去罪人村，而是留在建業縣的房子裡，反正家裡有丫鬟和婆子伺候，沒事她就去看看媳婦、孫子和孫女，如今過得比以前還舒坦。

聽說水瑤來探望她，老太太親自迎了出去。

「奶奶！」

看到孫女笑意盈盈的站在自己面前，老太太心裡頓時百感交集，腦海不時閃過水瑤初進曹家的情景。

老太太上前拉著水瑤上下打量了一番，嘴裡不住唸叨著。「比走的時候瘦多了，回來好啊，留在奶奶這裡，我幫妳補補身子，小姑娘家的身體可重要著呢，可別仗著自己年輕就不在乎，老了之後問題都找上門來……」

聽著老太太絮絮叨叨，水瑤頭一次覺得其實老太太也可以像一個普通的奶奶一樣。

「沒事，我是生了一場病才會這樣，現在都好了。奶奶，我跟您說……」

她當然清楚老太太心裡著急的是什麼，趕緊拉著老太太坐下，跟她說起四個兒子的情況。

老太太邊聽邊流淚。她雖然嘴上沒說，可心裡對三個兒子都去打仗的事擔心得要死。

此刻水瑤帶來的消息，徹底讓老太太把心放回肚子裡。

看老太太這樣，水瑤安慰道：「奶奶，您該高興才是，我爹他們總算能做自己喜歡做的事。」

老太太抹了一把眼淚，綻開笑容。「水瑤啊，奶奶這是歡喜的眼淚，真的，妳還沒成親，沒法體會一個當娘的是什麼心情。當初妳爹他們三個都去了，我是每天都在害怕，就怕他們有個萬一，現在好了，既能為國出力，做生意又是他們擅長的領域，這才是用人之道。至於妳四叔的情況，他已經寫信告訴我了，幸虧妳提醒他，要不然他也不會這麼快就掙到銀子，這已經是一個很好的開始了。」

接著祖孫倆說起罪人村的人和事。

說到這個，老太太心裡五味雜陳。

兩個兒媳婦還不錯，日子過得也挺好的，至於老三家那三個孩子，老大和老二媳婦也幫忙照顧得還可以，就是那個死老頭子，現在弄得人不像人、鬼不像鬼，她看了就生氣。

水瑤聽到老爺子的近況，只能苦笑道：「這事您得讓他自己想開，我只能說，他中宋靜雯的毒太深了。我還沒跟您說，曹雲軒死了。」

老太太眼睛瞬間瞪大。「死了?!」

水瑤點頭。「是，我爹他們親眼見證的，他還想殺我爹他們呢，最後讓人給捅死了。」

老太太恨恨地道：「活該，早點死才好。呵呵，不知道宋靜雯那個賤人如果知道自己的兒子死了，會是什麼心情？當初老實待在曹家，或許他們母子還能留一條命，可惜啊，心比天高、命比紙薄，說的就是他們。」

「奶奶，我看您乾脆搬到罪人村邊上住吧，老爺子變成那樣，您不過去幫一把，我是擔心這曹家的後代……伯母他們雖然是做娘的，可身邊的男人都不在，就怕到時出了什麼事情，這家裡都是女人，男孩子還沒長大，也不頂事啊！」

老太太何嘗不明白水瑤的意思？她也是跟死老頭子置一口氣呢！

她拍拍水瑤的手。「好孩子，難為妳還能想到這個，我明天就收拾收拾過去，我也不去別的地方了，就在妳爹他們家裡住著。」

水瑤陪老太太用過飯才離開，她得回去跟五王爺談正事。

水瑤的突然歸來，倒是讓家裡的兩個女人吃了一驚，蘇蘭第一個想到的是，該不會自家男人那邊出事了？

她拉著水瑤的手，不停顫抖。「丫頭，妳姨夫他——」

她沒敢問下一句，就怕聽到那個字眼。

水瑤看蘇蘭這樣，不由得失笑。「蘭姨，妳想什麼呢？姨夫他們好著呢，一點傷都沒有。」

蘇蘭和李玉婉的心總算能放下來了，蘇蘭拍著胸脯道：「我還以為出了什麼大事，妳這丫頭，快把我給嚇死了。快，進屋去，這一路上累了吧……」

對蘇蘭的嘮叨，水瑤能理解，即便是累了，她還是想坐下來好好跟這兩個女人說說她們男人的事情。

「唉，只要他們能好好的比啥都強，我們在家裡也就安心了，不知道這些男人沒女人照顧，會不會好好吃飯……」

這事水瑤不知道，但她能保證這些人肯定餓不死。

兩人見水瑤實在太累，也不拉著她說話了，趕緊燒水讓她洗個澡、吃點飯，等休息好了再說。

回到家，水瑤這漂泊的心好像安定了似的，外面的繁華到底不如家裡好啊！

一鑽進溫暖的被窩，水瑤舒服的嘆息一聲，立刻進入夢鄉。

這一覺，她睡得昏天黑地，才剛睜開眼睛，就看到徐倩坐在她房間裡，一邊處理事情，一邊注意她這頭的動靜。

見水瑤睜開眼，徐倩興奮地從椅子上跳起來。「小姐，妳醒了？」

看到徐倩的大肚子，水瑤不禁替她擔心。「哎，別跳，小心點，妳怎麼在這裡？」

徐倩嘆口氣。「妳一直不醒，我這不是著急嘛？就到妳這裡等著了。小姐，我剛收到消息，八王爺的領頭部隊已經跟咱們離國大軍打起來了。」

「這麼快？」水瑤訝異，雖然早有準備，可這速度已經超出她的想像，那老混蛋的人過來，怎麼也得費一番功夫，尤其是過河，他們的人不會輕易讓他過來才對。

徐倩嘆口氣。「據說八王爺的人是繞道過去的，咱們這邊根本就不知道人家是從什麼地方過河的，才會被殺得措手不及，因此這第一仗，是八王爺勝。」

徐倩說完，看水瑤閉著眼睛沒吱聲，心裡著急。「小姐，妳怎麼沒反應啊？都要打起來了，這以後該怎麼辦？」

水瑤嘆口氣。「徐倩，妳家小姐也只是個肉身凡胎，我也沒別的辦法，回頭問問五王爺吧！畢竟咱們這邊的人手，能派出去的都派出去了，總不能讓手無寸鐵的老弱婦孺也上場打仗吧？」

徐倩雖然明白，可就是架不住心裡著急，她馬上就要做娘了，這當口敵人打過來，她還怎麼生孩子？

水瑤估計也想到這一點，慢悠悠的開口。「如果真的打過來了，我就把妳送到我娘他們那邊去，至少那地方有吃的、有穿的，隱蔽又安全，等敵人都退了再出來也不遲。

「其實那些人未必就能得逞，妳別忘了，馬鵬他們可在八王爺後方呢！前面跟離國大軍作戰，這後院再著火，戰況還真的很難說。」

徐倩苦笑了一聲。「其實我也是關心則亂，唉，要不是懷了孩子，我都想跟馬鵬他們一起去打仗了。」

水瑤伸了個懶腰。「好了，吃完飯我也該去見五王爺了，我還有重要的事要跟他談呢！」

五王爺聽到陸穎的事，雖然有些驚訝，卻也樂見父女重逢。

「這事我答應了，以後陸穎就跟她爹走吧！只要他們父女兩個好好的，也就沒辜負我這一番培養。」他笑著看向水瑤。「水瑤丫頭，聽說你們在那邊的仗打得非常漂亮，真是厲害，幸虧你們過去了，不然老八的援兵可真夠我們喝一壺的了。」

水瑤苦笑一聲，搖搖頭。「就是趕巧而已，要是不反抗，估計我們這些人也都會死在對方手裡，為了活命，什麼辦法都得想啊，何況還有一城的百姓呢！」

兩人聊了一會兒，水瑤就離開了。她才剛走，五王爺這邊就來了一個人。

看到來人，五王爺有些意外。「老大，你怎麼來了？」

這時候兒子應該在保衛京城，怎麼會在這個時候過來了？

韓誠信苦笑了一聲，拉著五王爺進屋，這才說明自己的來意。

「什麼？皇上病了？」

「是，皇上派我來接替你這邊的事情，讓你回去。京城現在是人心惶惶，有不少人身在曹營心在漢，只能說八叔這手段太厲害了。」

五王爺更關心的是皇上的病情，若皇上在這時候倒下，那人心只會更加不安。

韓誠信補充道：「這事我是聽六叔說的，皇上並沒有露面，而是讓身邊的人給我傳話，所以我才趕過來的。」

五王爺嘆口氣，兒子既然來了，他只得跟兒子仔細交代這裡的情況。

「……記住了，跟水瑤那姑娘好好合作，別給我擺什麼臭架子，一旦你八叔真的打過來了，說不定咱們還得讓人家小姑娘幫忙出主意呢！這邊你給我看好了，如果戰局真的對我們不利，至少還能為皇上保住一條退路……」

水瑤不清楚五王爺守在這裡還有這一個目的，等她知道五王爺離開的消息，心裡也覺得有些納悶。

「這個時候急著回去，難不成是京城那邊出了問題？」

同樣有此疑惑的還有八王爺。

「主子，看樣子，皇上那邊真的出了問題，會不會是身體抱恙了？」

八王爺眼睛微瞇，要是皇上的身體出了差錯，他一點都不覺得奇怪，可現在他安插在皇宮裡的人消息送不出來，他也不知道裡面究竟是什麼狀況。

謀士們看八王爺沒吱聲，便自己悄聲討論起來。

「如果這個消息準確，那倒是個很好的機會，咱們可以乘機直取京城……」

八王爺不是沒聽到謀士們的議論聲，只是他覺得皇上病的時機太蹊蹺，才剛打贏，皇上就病了？

這時有人稟報。「報——」

看到來人，八王爺眼裡頓時閃過一抹喜色。「快，拿上來。」

看到最新送來的消息，八王爺頓時喜上眉梢。「宮裡來消息了，皇上已經在商量繼位的問題，看來老傢伙這次真的要不行了，呵呵，真是天助我也！」

其他謀士都跟著應和，可有一個謀士卻在這時候潑冷水。

「王爺，我看這事有些玄，說不準是皇上的一個計策。您想，他早不病、晚不病，怎麼偏偏就趕在這個時候，說不定是引咱們上當呢！再者，咱們背後還有一支隊伍，他們已經拿下咱們不少地盤，若我們這次全部往京城發兵，繼續任由他們壯大，將來也許會腹背受敵，因此這事還望王爺三思。」

其他謀士聞言。並不是很贊同。「王爺，機會稍縱即逝，如果不好好把握，恐怕會後悔。咱們就說傳位，那麼多皇子，若他們就此產生了嫌隙，於我們可是一大良機，待他們自己打起來，咱們可以乘機進攻，鷸蚌相爭、漁翁得利。至於咱們後面那支敵軍，據說都是找一些亂七八糟的人組成的，根本不足為懼。就算他們攻下咱們一些地盤，依舊影響不了大局，別忘了，咱們還有援兵呢！」

第一百一十八章

有謀士在聽到對方這番言辭後，冷哼了一聲。「他們那些人來無影、去無蹤，你讓這麼大一支軍隊去消滅他們，你這是幫咱們還是幫敵人呢？」

「哼，上清，那你有什麼好辦法？總不能讓王爺的大軍一直這麼消耗下去吧？不說別的，所需的糧草就是一筆龐大的數目，不速戰速決，後果不堪設想。」

被喊作上清的謀士翻了個白眼。「速戰速決？你別忘了，還有西路大軍還沒動呢，雖然人數不多，可這些人一旦轉身往回打，你說咱們能有多少勝算？這些都沒解決，你怎麼速戰速決？」

八王爺被謀士們吵得腦袋都疼了，其實他覺得兩方說得都有道理，要真說起來，他還是起兵得有些倉促了，西路大軍那邊他不是沒派人談過，但對方態度曖昧，不拒絕也沒答應，這才讓他頭疼。

「行了，別吵了，這事回頭再議。對於奪走咱們城池的那支隊伍，你們有什麼更好的辦法嗎？」

這句話一出口，謀士紛紛出來建議，不過在八王爺看來，這都需要人，他現在人手也緊缺，對付那些人用大批兵馬，怎麼都不是一個划算的買賣。

他看向一直沒開口的上清。「上清有沒有好辦法？」

上清嘆口氣。「王爺，他們說的都沒錯，不出兵，怎麼能解決這些人？他們已經成了氣候，這一路打過來，人馬只會越來越多，您可別忘了，咱們那一仗損失了多少？這些人不消滅，早晚都是咱們的心頭之患。」

八王爺不禁頭疼，他讓謀士們繼續討論，他得出去走一走，透透氣。

走著走著就來到宋靜雯這兒，自從曹雲軒沒了之後，宋靜雯一直沒什麼精神。

不過在八王爺眼裡，那個坐在屋裡呆呆出神的女人依然風韻猶存，如果不說有曹雲軒這麼大的兒子，一般人還真的猜測不出她的實際年紀。

八王爺一時間有些愣神了，他還記得當初宋靜雯有多美，他先是被她的美貌吸引住，然後才知道宋家竟然還是前朝藏寶人之一。

突然，他腦子裡閃過一個念頭，想當年喜歡宋靜雯的男人不少，尤其是那個西路大軍的統領……想到這裡，他看宋靜雯的眼神就更加熱切了。

宋靜雯坐在屋子裡，正在思念兒子，眼淚不由得往下流。如果時光可以倒轉，她寧願讓孩子做一個普通人，也好過這樣死去。

只是她作夢都沒想到，外面的八王爺已經開始惦記上她了。

聽著哀哀的哭聲，八王爺推門而入，憐惜地把宋靜雯擁到懷裡。

宋靜雯抬頭。「王爺？」

八王爺抱著女人有些羸弱的身子，聲音帶著磁性。「看妳哭，我都跟著心疼，雲軒這仇我肯定會報，妳自己也要好好保重才是，要不然雲軒在天上看著也會心疼的。」

宋靜雯抱著八王爺的胳膊，嗚咽道：「王爺，你說，怎樣才能把這些人消滅？我想扒了他們的皮，否則難消我心頭之恨！」

八王爺嘆口氣。「現在的局勢妳也清楚，妳說讓妳一個婦道人家替孩子報仇，這……說不過去啊！」

宋靜雯可不這麼認為，每天晚上她作夢都會夢到孩子渾身是血地喊娘，她受不了，也等不了。

八王爺眼珠一轉，抱著宋靜雯嘆了口氣。「我捨不得妳啊，我身邊可就只剩下妳了，我還指望等事成之後封妳當皇后呢！」

八王爺的話讓宋靜雯心裡一動，她不是沒奢望過這個位置，可是以前八王爺府裡有那麼多漂亮的女人，雖然她認為自己是最美的，可架不住她已經不再年輕，如果這個時候她能幫八王爺做事，是不是代表以後她真有可能登上那個位置？

即便不是皇后，可是能做王爺心目中最重要的女人，這樣也值得了。

她轉過身來，深情款款地看向身後的男人。「王爺，咱們倆是夫妻，夫妻同心，王爺的事就是妾身的事，能幫王爺完成心願，臣妾願意去努力。」

八王爺跟宋靜雯周旋了一番，終於說出自己的目的——去拉攏西路大軍的統領。

宋靜雯不是傻子，八王爺一提出來，她就有些懷疑，不過看眼前男人深情款款又戀戀不捨的樣子，她不由得暗自苦笑，她怎麼會懷疑自己的男人？

只是讓她過去遊說，又不是讓她去跟別的男人。

「行，那我就過去試試，能成更好，不能成，王爺也別怪妾身，只是即便西路大軍的統領答應，主帥不同意也不成啊？」

八王爺輕笑一聲。「王統領可是主帥的小舅子，若能說服主帥更好，如果不行，拿下那個主帥，王統領可就一人坐大，到時候我給妳派幾個得力助手過去……」

聽完八王爺的安排，宋靜雯雖然猶豫，可面上卻不顯。

雖說當年這個王統領對她很有好感，可這麼多年過去，早已物是人非，那點好感也隨著時間而流逝。

她長嘆一口氣，不管行不行，她都要試試，兒子的仇必須要報！但她心裡也生出了一個想法。

「春巧，收拾東西。」

這步棋未必就是險棋，說不定還是她的一步活棋呢！

女人心海底針，宋靜雯心裡是怎麼想的，八王爺當然不清楚。

尤其是這個時候，八王爺所有精力都被自己的事情給占去，哪還有那個工夫去研究身邊女人的心思？只要宋靜雯答應去幫忙說服王統領，他就達到目的了。

這女人嘛，以後他得了天下，想要多少就有多少，而且個個年輕貌美，哪像宋靜雯，再美也禁不住歲月的摧殘，尤其還生過孩子，又跟了楚家那個老男人，他除非腦子壞了，才會讓這個女人做皇后。

搞定了這事，八王爺神清氣爽地回屋，再次跟謀士們討論如何處置身後的敵軍。

最後他決定派一批殺手過去，這次還特地帶上軍師。這幾次的失利，他一直認為是沒有軍師的緣故，這回專門派了個人跟過去幫忙出主意。

但即便是帶上軍師，對上徐五和江子俊，依舊注定了他們的失敗。徐五手下的人可都是正經的乞丐出身，只要稍加打聽，就能知道這些殺手到來的消息。

在受到徐五他們準備的一波糞球攻勢之後，這些殺手們再也受不了身上這股惡臭，就在他們以為已經逃到安全地帶、並跳下水打算洗個澡時，江子俊帶人突襲，將這些人一舉擊殺。

八王爺得知這個消息時，已經過去好幾天，因為他帶人過河，正跟離國大軍正面交鋒，即便他想派人回去消滅對手，也無能為力。

「蠢貨，統統都是蠢貨！咱們這麼多人，竟然讓對方用蠢法子連鍋端了！」

面對八王爺的咆哮，眾多謀士與將領也不敢在這時候觸楣頭。

都說皇上要死了，可一直也沒傳出什麼消息，現在誰也說不準以後還會發生什麼事。

「咱們那些援兵呢？現在行進到哪裡了？」八王爺焦躁地問。

手下硬著頭皮，指向地圖上的某個位置。「行進速度很慢，剛到這裡。」

八王爺看了一眼，不禁大怒。「這都多久了，怎麼才到這裡？趕緊催促他們加快速度！」

八王爺並不知道，這些人之所以速度緩慢，是因為收到了宮裡的來信。

宮裡有好幾個妃子的老子和親戚都跟著八王爺瞎起鬨，雖然沒造成什麼重大損失，可一旦這事真的成了，這京城可就不保了。

這時這些女人就派上用場，畢竟她們的兒子還在宮裡呢，若是以後想讓自己的兒子得到好處，那就要為皇上做點貢獻。

每個女人都抓緊時間跟家裡聯絡，務必穩住家裡那頭，不讓他們跟八王爺起兵造反。皇上也說了，之前的事既往不咎，為了各自兒子的利益，這些嬪妃們無所不用其極地詆毀八王爺，或是使計利誘，各盡本事。

還別說，這一招真的挺管用的，那些原本要支援的援兵立刻不動，只是這些八王爺並不清楚——宮裡的那些探子早就被皇子們鏟除了。

這些皇子們可不傻，如今皇上位置不穩，若換了八王爺當皇上，他們這些皇子不是死就是逃，哪裡還能保住今天的富貴？

了。

於是宮裡這些人前所未有地團結起來，畢竟事關重大，等八王爺打進來再想辦法那就晚了。

五王爺坐在御書房裡，正與其他兄弟一起跟皇上商討目前的局勢。

之前有些跟八王爺走得近的王爺，此刻也不待見這個兄弟了。

「皇上，西路大軍那邊有消息了沒？」六王爺最關心的就是這件事，如果可以把西路大軍調回來，也能夠紓緩一下主戰場上的壓力。

皇上點頭，雖然面色還有些蒼白，可是整體精神看起來還不錯。「朕已經派人過去，一部分留守，剩下的人回來支援。」

聽到皇上已有安排，大家的心稍微放鬆了些，只有五王爺還有些不大放心。「西路大軍最好看緊些，我怕老八也打他們的主意，一旦西路大軍讓他掌握住，以後就難說了。」

五王爺一開口，其他人心裡頓時一緊。西路大軍山高皇帝遠，一旦出現問題，那可真的追悔莫及。

「要不咱們再派人過去看看？」有人問。

皇上一臉胸有成竹。「不必了，若是想反，咱們派多少人去都沒用。尚家三代忠心愛國，我也相信尚將軍的人品，應該不會出現你們擔心的問題。」

皇上都這樣說，眾人心裡也只能選擇相信了。

接下來就是研究打法和解決配給問題，糧草這邊已經開始告急，皇上便讓五王爺和六王爺領下這份差事。

五王爺心想，既然水瑤這丫頭已經在做這一行，那不如就讓她承攬這個活兒，尤其目前兩軍交戰，他還不想讓別人知道他們究竟有多少人馬，免得引起不必要的恐慌。

水瑤接到五王爺讓她趕製過冬軍用品的通知，心裡頓時有數。

她讓蘇蘭她們招攬一些女人一起幫忙，她會付加工費，另外老太太那邊，她也去信讓罪人村開工。

龔玉芬和柴秋桐兩人收到消息，跟打了雞血似的，她們在這裡都快要悶死了，總算有一樣事情能讓她們忙活起來，尤其當眾人知道這些是給前線的自家男人當棉襖，做起來就格外用心，都不用人監督，因為她們也怕自己的男人和兒子凍著了。

至於糧食，洛玉璋已經得到消息，透過船隻將糧食源源不斷地往北方運。

不說皇上，就連那些王爺、大臣們都彷彿看到了希望，只要物資不斷，前線的將士就能夠堅持下去。

反觀八王爺那邊，情況就有些不妙，尹士成他們佔領的地方恰好就是他們重要的供給地，更是糧食的產地，因此想要另外運送糧食過去，水路行不通，陸路就更難了。

至於宋靜雯這邊，翻山越嶺的過去，結果並不如她想像的那樣。

王統領雖然對她有印象，可老朋友歸老朋友，對方並沒有異常的表現，讓宋靜雯懷疑自己是不是真的老了，連一點魅力都沒有了？

「夫人，我們該怎麼辦？」春巧著急地問。王爺還指望她們來搬救兵，可看王統領的樣子，好像對夫人一點意思都沒有。

宋靜雯苦笑了一聲。「唉，看來我是真的老了！」

其實另一頭的王統領也納悶，這時候宋靜雯跑到他這裡來究竟有什麼目的？

他想來想去都想不透，只能去找他的姊夫尚將軍解惑。

「什麼？你說宋靜雯？」尚將軍訝問。

王統領眨眨眼睛。「對啊，就是當年我喜歡的那個女人，不知道你有沒有印象？她後來跟了八王爺，再後來也不知道怎麼回事，她又離開八王爺去了益州，好像嫁給一個老頭子做妾了。」

尚將軍冷哼一聲。「這女人膽子可真夠大的，真以為咱們地處偏僻，就什麼都不知道？你啊，趕緊給我收起小心思，那女人可毒著呢，當初跟八王爺，就沒看上你，這個時候過來找你，你以為她想幹什麼？」

王統領撓撓頭，一臉困惑。「就因為我弄不明白，所以才找你給我解解惑，到底是怎麼回事？」

尚將軍拍拍小舅子的肩膀，把宋靜雯的來龍去脈都說了。

他不僅知道這個女人跟八王爺有個兒子，他還知道曹家的事情。

「啥，你說這女人是過來拉攏咱們的？」王統領聽完，瞪大眼睛問。

尚將軍冷哼一聲，點點頭。「不然你以為她過來幹麼？沒事來探望你這個故人嗎？之前八王爺不是沒有拉攏過我，可我們尚家三代都是忠良，我能做這等事？作他的春秋大夢吧！老子就是戰死也不給他當奴才！」

說完他看向王統領。「這個女人你也別留了，交給我處理。」

話音剛落，外面就傳來通報聲，尚將軍趕緊起身出去，得知是皇上的人來了，兩個人就在書房裡談了半天，最後尚將軍一臉喜色地走了出來，吩咐王統領帶他的人去抓宋靜雯。

「抓人？姊夫你沒搞錯？」王統領一臉狀況外。

尚將軍不耐煩地道：「皇上的人都來了，咱們馬上班師回朝，有什麼事路上說。」

宋靜雯作夢都沒想到，她剛到這裡，還沒熟悉情況，就被人關進囚籠帶走了，而且去的地方竟然是京城。

等待她的是什麼後果，不用想也知道，可她現在後悔也晚了。

尾聲

八王爺得知這個消息後，差點吐出一口老血，他所有的計劃全部落空，對那支西路大軍，他還真的寄予了厚望，如果有他們的加入，他這邊可說是如虎添翼，現在不僅沒拉攏到人，反而變成了自己的對手。

「王爺，要不我們撤退吧？退到西部，那邊正好空虛，咱們就算坐擁西北，皇上也不能拿我們怎麼樣。」

上清最終給八王爺一個新的建議，可怒氣攻心的八王爺哪裡聽得進這樣的話？他大半輩子的心血都耗在這上頭，這時候讓他放棄，他怎能甘心？

他怒吼道：「怎能這麼快就放棄?!傳令下去，殺敵十個，賞金一百！」

重賞之下，必有勇夫。為了銀子，這些叛軍拚了命去廝殺，離國軍隊不禁節節敗退。

然而隨著八王爺的死命進攻，軍隊也出現斷糧的問題，士兵們都吃不到乾糧，因為他們的糧草全被尹士成等人截斷了。

除此之外，那些原本是八王爺的援兵現在都變成了八王爺的催命符，這些人跟尹士成聯手，徹底截斷八王爺的後路。

皇上知道這個消息後，老懷大慰，總算是能鬆口氣了。「不錯不錯，看樣子，咱們取得勝利的那一天指日可待了。」

五王爺笑道：「何止是這樣？那些叛軍根本就沒有冬衣可以穿，不用咱們打，他們自己就會先餓死、凍死，也多虧水瑤那邊供給及時，讓咱們的士兵不論是衣服還是吃食，樣樣都不缺。」

話音剛落，最新消息就從外面傳來了。

看到上面的內容，皇上不禁拍手叫好。「太好了，有不少叛軍在吃了咱們丟下的罐頭後，竟然直接投降？哈哈，太解氣了，估計老八這臉該氣歪了！」

其他王爺一臉納悶。什麼罐頭？他們怎麼都沒聽說？

五王爺還懂一些，畢竟孫子在信上提過這東西，只是他沒想到這東西竟然這麼好吃，連叛軍吃過都立刻投降，就怕以後吃不到。

「這東西是水瑤他們發明的，至於是什麼味道，我還真的沒嚐過，咱們這邊也有賣，只是大多數都供應給咱們的軍隊，正好，我讓人給你們弄一點來嚐嚐。」

五王爺的人手腳很快，迅速就買了回來。

皇上一看到買回來的東西，不禁覺得奇怪。「就這東西能讓敵軍投降？我怎麼覺得很玄啊！」

一個個小小的瓦罐，樣子也沒多好看。

五王爺笑道：「皇上，這您就有所不知了，咱們天天在家裡吃廚子做的飯菜，哪裡想像得到戰場上是何等艱苦？別說吃不到一口熱菜，餓肚子也是常有的事，有這東西當補給，就算比不上那些佳餚，可也是山珍海味了。好了，大家都來嚐嚐看吧！」

當罐子裡的東西倒出來，皇上大吃一驚。「這個是水果？竟然還是荔枝？這時節能吃到這東西也太難得了！」

六王爺就更驚訝了。「這個是肉？很好吃啊，味道不比我們家大廚煮的差，還有這魚，真好吃……」

這幾位吃膩山珍海味的王爺，甚至是皇上，一時間都被這罐頭給俘虜了。

七王爺一邊吃，一邊感慨。「就這美味的罐頭，我看叛軍投降的事假不了。誰這麼聰明竟然發明了這麼一個好東西，這絕對是出門在外的必備品！」

皇上滿意地點點頭。「是啊，這人絕對是個人才。老五，你說這是那個水瑤想出來的？那我可要好好賞賜她一番，好像很多事都有這小姑娘幫把手對吧？」

關於水瑤的身世和遭遇，五王爺早就稟告給皇上知曉，因此皇上對水瑤這個名字是耳熟能詳。

「是啊，這事不急，等大軍獲勝，皇上您再一起賞賜就行。」

另一頭，水瑤不知道她研究出來的罐頭竟然會有如此奇效，還獲得皇上和王爺們的讚賞。

現在她真的很忙，目前不僅要供應離國，就連洛玉璋那邊也接到不少罐頭訂單。

「小姐，今天來的消息！」徐倩把消息遞給水瑤。

儘管忙碌，水瑤還是堅持每天都要關注外面的事情，這戰爭一天不停，她的心就一天都無法放鬆。

徐倩在一旁喜孜孜地道：「看樣子，這戰事很快就會有結果了。」

水瑤一邊看，一邊贊同地點頭。「沒想到那些後援兵竟然變成咱們的幫手，呵呵，八王爺這回可真夠倒楣的。」

看到下面一條說罐頭讓敵軍投降的消息，水瑤都忍不住想笑了。

「唉，眼瞅著要過年了，早點結束也好啊，馬鵬回來至少還能看到孩子出生，要不然我都替他著急。」徐倩感慨道。

水瑤拿起準備好的銀票，遞給徐倩。「來，這個是給你們過日子用的。」

徐倩見狀，哪裡肯收？她在這裡白吃白住不說，水瑤還給她月錢，這銀子她不能拿。

水瑤將銀子硬塞到徐倩懷裡。「拿著，妳每天幫我的忙也是工作，幹活就要給工錢。」

不僅是徐倩，連李玉婉和蘇蘭都有一份，不過水瑤用的名義是給她們的零花錢，既然她們男人不在家，那就由她這個姪女來給。

給大家分了銀子後，水瑤又想起山裡的母親、弟弟和妹妹，於是她跟李大置辦了許多東西，去山裡走了一趟。

水瑤帶來的東西多，也是考慮山裡人的生活狀況，準備的都是大家的生活必需品，尤其即將過年，這也算是提前給大家送的年禮，感謝他們這段期間的照顧。

水瑤的這份大禮，讓村長以及村民開心的同時也覺得慚愧，他們什麼也沒做，就收到這麼貴重的心意。

「這、這也太多了吧？」村長媳婦訝道。

蕭映雪知道自家未來兒媳婦一向大方，拉著村長媳婦的手道：「哎呀，客氣啥啊，這都是孩子的一點心意，以後我這家裡就麻煩大家幫忙照應了，沒辦法，我們太擔心孩子和男人了，得出去看看。」

村長當然理解他們的心情，第二天就讓人送水瑤他們出山。

離開山裡，蕭映雪覺得好像又來到人世間一般。說心裡話，山裡安全歸安全，可畢竟給人一種與世隔絕的感覺，尤其她已經被人關了那麼久，真的很想看看外面的世界究竟有多大的變化。

江老太太還是不放心地追問水瑤。「水瑤丫頭，這外面真的安全嗎？可別再出事了，我這把老骨頭真的禁不起折騰了。」

水瑤能理解老人家的心思。「奶奶，放心吧，那些殺手都消滅了，咱們就好好的在外面過個好年吧！」

水瑤帶著眾人直接回益州，臨近過年，外面的氣氛自然比平常要熱鬧許多，看到集市，眾人都想過去湊湊熱鬧。

水瑤也不攔著大家，一行人這麼一路買、一路看，等到了益州，差點都要耽誤置辦年貨了。

水瑤讓李大、李嬸和蘇蘭陪著大家一起去買年貨，她則在家裡處理事情。

耽誤這麼長的時間，她更想知道江子俊他們情況怎麼樣、整個戰局如何了？

徐倩是孕婦，也懶得逛街，乾脆陪著水瑤。

「這幾天收到的消息有些不明朗，聽說八王爺的人又往前進攻了，也不知道是什麼情況？」

對這事，水瑤倒是沒那麼多的擔心，歐陽華已經斷了他的後路，加上前面有大軍擋著，八王爺就算進攻，恐怕也是強弩之末。

「沒事，妳就安心過年，等著你們家馬鵬回來吧！」水瑤笑道。

由於許多家的男人都出征了，幾個女人家們便聚在一起好好地過了一個年，就連蘇蘭都覺得在這裡過年好像比在家裡要舒服得多。

水瑤靠在窗邊，懷裡抱著手爐，看著弟弟、妹妹在院子裡跟歐陽華家的孩子們玩鬧成一團，想到昨夜下了場大雪，也不知道南方這時候下雪了沒？

「小姐、小姐，我們勝利了——」

李大興奮地揮舞著手裡的紙條，邊跑邊喊著，連院子裡玩鬧的孩子也被他感染了。

水瑤騰的一下坐直了身子，她沒想到消息會這麼快就傳來，她還以為得等一段時間呢！

「快，快把紙條給我！」

水瑤迫不及待地搶過李大手裡的紙條，看到上頭的內容，激動得差點要流淚了。

果然，這個歐陽華沒辜負她的期望，這傢伙竟然出了奇招，從側面迂迴前進，跟西路大軍以及正面部隊把八王爺給包圍住。

最後八王爺自知沒有轉圜的餘地，自刎於帳篷內，至於他的兒子，死的死、被抓的被抓，剩下的士兵也沒多少，全部繳械投降。

「呵呵，總算是結束了！李叔，放鞭炮！」

不僅水瑤這邊，就連街上也陸續響起了鞭炮聲，眾人得到消息，奔走相告。

水瑤親自打開一罈好酒，不管能不能喝的，都倒了一點。

「來，為了我們的勝利乾杯，為了我們的親人即將回歸乾杯！」

眾人一口喝盡杯中酒，蕭映雪她們幾個女人則喜極而泣，畢竟男人和兒子都在戰場上呢！

當水瑤這邊在慶祝的時候，江子俊等人也正在回歸的路上，此刻所有人都恨不得插上翅膀飛回家裡，只是尹士成半路上接到通知，皇上下令直接到京城，要對他們這些有貢獻的人給予封賞。

其實在江子俊心裡，封賞什麼的都不重要，他只想快點回去和家人團圓。

不過皇上發話了，他一個老百姓也不能不遵守，就連坐在家裡的水瑤也接到韓誠信的通知——皇上要接見她。

洛千雪一聽說皇上要接見自家閨女，整個人都不知道該怎麼辦才好，一會兒唸叨水瑤的衣服不夠正式，一會兒覺得閨女沒首飾不得體，看洛千雪這樣，水瑤都跟著頭疼。

「娘，妳老老實實地坐下來吧！穿金戴銀也改變不了我的身分，難不成我打扮得像花一樣，就能變成鳳凰了？妳還是想想妳自己，這回我帶你們到京城轉轉，大家都去長長見識。」

說完，水瑤推著洛千雪出去。「好了，妳趕緊帶弟弟、妹妹，還有嬸子他們出去準備準備，咱們這兩天就出發。」

打發走了洛千雪，水瑤總算能安靜一下。

皇宮啊，她兩世都沒去過那地方，沒想到這輩子她竟然有機會到那裡去轉轉，還能見到傳說中的皇上，心裡說不激動那是假的。

到了京城，見到江子俊他們，水瑤一行人拉住各自的親人，嘴裡有說不完的話、問不完的問題，還有直接抱著自己的男人開始哭的。

這次曹雲鵬沒過來，倒是曹雲傑和曹雲祖來了，他們也接到皇上的聖旨，水瑤猜測曹家這次大概能夠脫離罪身了。

「大伯、二伯，別緊張，這次應該是好事，你們代表的可是罪人村和曹家。」水瑤拉著曹雲祖哥兩個到一旁說了一會兒話，讓他們有點心理準備，皇上要是不提，就讓他們自己提，這可是唯一一次的面聖機會，可千萬不能錯過了。

隨著聽宣的人陸陸續續進去，水瑤和徐五這些等在外面的人，心裡著實有些忐忑。

「水瑤，皇上這次會給咱們什麼賞賜？金銀財寶？」徐五興奮地問。

水瑤白了他一眼。「咱們缺這個？我跟你說，今年咱們可掙多了，你這眼光也該放長遠一點，錢這東西，咱們有本事掙，可有些東西就算有本事也未必能爭取到，你想想，你最大的理想是什麼？」

徐五嘿嘿笑。「我啊，不喜歡當官，但是我喜歡管人。」

江子俊拍拍他的肩膀。「既然有這個想法，那就跟皇上提啊，這次你的那些乞丐兄弟可真的立了大功，沒有他們幫忙，怎麼可能這麼快消滅叛軍？」

楚老爺子看著眼前這三個年輕人，感嘆道：「我這輩子都沒想過能走進皇宮、見到皇上，說起來都是子俊他們三個孩子的功勞啊！」

洛玉璋在一旁點頭。「沒有他們，我和楚大哥還有大嫂的後果，真的難以想像。」能夠走出那暗無天日的地牢，他們其實已經很感謝上蒼了，沒想到後面竟然還有這麼大的驚喜在等著他們。

楚家這次被皇上封為皇商，還被賜了「忠義之家」的牌匾，楚家那些被八王爺霸佔的產業全部歸還，不過條件是楚家的傳家寶要繳回皇家。

曹家和罪人村的人因為這次的主動相幫，全部免除罪責，戰死的人享有撫卹金，不僅如此，曹家恢復了之前的身分和地位，財產也歸還，而曹雲鵬官升兩級，繼續掌管益州。

洛玉璋也得到了封賞，這次他也算立了大功，沒有他源源不斷的運送物資，這場仗結果如何還很難說。

至於尹士成位至將軍，官升兩級，總算完成了他的心願。

歐陽華也得到封賞，且還得到一個「御用軍師」的封號，有這個名號，他以後都可以橫著走了。

至於水瑤、江子俊還有徐五他們三個人的功績，皇上是親口頒布的。

水瑤和江子俊得到了皇上的賜婚——水瑤猜這應該是五王爺提醒的——皇上還封她為郡主，而江子俊和徐五則一人賜了一塊牌子，這牌子代表著「巡遊使」，可以替皇上四處巡遊，監督那些官員，管理那些不公不義之事，也可以彈劾那些不好的官。

「徐五，聽說這次你的那些乞丐兄弟幫了不少忙，現在朕賜你『天下第一幫』丐幫幫主稱號，希望你以後繼續把這些乞丐管理好，能為我離國貢獻！」

皇上話音剛落，徐五立刻開心地叩謝皇恩，這個可是他最想要的，以後他可以光明正大的提拔丐幫了。

至於江子俊和水瑤，除了賜婚，皇上也不知道能再賞賜什麼，便開口詢問。

水瑤叩頭。「皇上，民女沒有別的想法，我有一雙手，可以自己去創造未來，我唯一希望的就是咱們離國能國泰民安，皇上身體康健。」

這句話讓皇上龍心大悅，不過水瑤隨後又補充道——

「民女還有一個盼望，就是希望前朝往事都能既往不咎，至於那些傳家寶，我希望就讓它消逝在歷史的長河中。」

由於皇上手裡已經有了一塊楚家上繳的傳家寶，在皇上心裡，這塊沒人能拿去，關於前朝的寶藏也沒人能動，如此亦可以阻止眾多紛爭，故水瑤說的這事，皇上答應既往不咎。

水瑤退出殿外後，看到門外曹家兄弟倆抱頭痛哭的樣子，不由得感慨道：「大伯、二伯，咱們應該高興才是，曹家還是以前的那個曹家，不過這次也算是得到了教訓，以後家裡的人和事，你們都要上心，後宅也要管理好。」

曹雲祖擦擦眼淚，點點頭。「是，這事我們已經跟妳祖母說好了，以後讓妳二伯也協助管家，這後宅寧，家宅才會寧。水瑤，曹家能有今天，大伯真的要好好謝謝妳。」

曹雲祖哥兩個想鞠躬，卻被水瑤拉住。

「大伯、二伯，你們這不是要折煞我嗎？別忘了，我身上也流著曹家的血呢，以後曹家好了，我們也會好的。」

說起這個，曹雲傑還不忘囑咐江子俊。「小子，以後你可要好好對待我們家水瑤，我這個姪女太不容易了，我希望她以後都能順順利利的，什麼都不用操心。」

楚正鴻走了過來，笑道：「親家大哥，你放心吧，我們楚家的男兒一向對自己的媳婦好，這事以後也一樣。」

曹雲傑突然想起一件事。「水瑤，妳說這曹家也恢復原樣了，那妳爹和妳娘的事，妳是什麼想法？我可清楚妳爹心裡一直都忘不了妳娘。」

水瑤嘆了口氣。「這事我做不了主，我娘經歷了這麼多，要說我爹沒有錯，那是不可能的，如果我爹心裡還有我娘，那就拿出當年的勁頭，再娶一次我娘，不過這事能不能成，得看我娘的意思。」

洛玉璋在一旁點頭。「就是，曹雲鵬做的那些事我就不說了，畢竟我外甥女在眼前，但要想贏得我姊的心，首先得過我這關，要不然我這個小舅子可不會答應讓我姊姊再受一次罪。」

水瑤朝自家舅舅伸出大拇指。「這事我就交給你了。」

後續的封賞完畢，連馬鵬他們幾個也都得到了官職和封賞，最後皇上還賞賜了一桌宮宴。

看著眼前的珍饈美味，大家都是淺嚐輒止，誰都怕在這樣的場合失了儀態。

不過水瑤則沒有這個顧慮，江子俊和徐五這兩人照顧得非常周到，看水瑤喜歡吃什麼，都幫她挾進碗裡。

皇上還是第一次見到江子俊他們這樣的舉動，不禁覺得莞爾。

「朕這宮宴味道如何啊？」

「回皇上，這宮裡的東西的確好吃，以前我們都沒吃過呢！如今既然來了，那我們怎麼樣也要好好嚐嚐，不然都對不起您的一片心意了！」徐五嘴甜道。

皇上對徐五的話大加讚賞。「說得好，食物就是給人吃的，你們三個都別客氣，以後要是喜歡，就進宮來陪朕吃飯，朕非常歡迎你們來，跟你們一起吃飯，朕也覺得特別有食慾！」

水瑤沒想到徐五這番話還能換來這個恩賜，於是三個人一起叩謝皇恩。

在皇上的舉杯祝福中，大家滿足地享用完這一桌宮宴。

看著水瑤等人離開的背影，皇上感慨了一句。「自古英雄出少年啊！這些人就是我們離國的未來。老五，看來我們是真的老了，在他們身上，我似乎看到了咱們當年的影子。」

五王爺大笑道：「呵呵，可不是嘛！」

水瑤帶著家人在京城玩了幾天，之後才和江子俊去見已經被關押起來的宋靜雯。

那個昔日美豔如花的女人，如今淪落到連水瑤都差點認不出來的地步。

看到水瑤他們來了，宋靜雯像瘋子般撲了過來，歇斯底里地吼道：「都是你們害死了我兒子，我要殺了你們——」

獄卒見這女人又瘋了，連忙壓制住她。

宋靜雯被制住，開始胡言亂語起來，不外乎提起以前的事，也解開水瑤他們疑惑很久的問題。

原來潛入洛千雪房裡的人是她安排的，她就是想看看這女人手裡是不是有傳家寶，至於四房的那個姨娘下毒害老夫人，也是她在暗中慫恿，加上丫鬟夏荷的哥哥被曹雲軒控制在手上，所以夏荷只得聽她差遣，協助四房姨娘下毒，後來夏荷被抓，他們怕事跡敗露，便遞信進去逼她自殺。

而當初曹雲逸的姨娘會死，也是她做的，為了傳家寶，一切吸引曹振邦目光的女人，她都會除掉。

當水瑤走出大牢後，渾身不由得打了個哆嗦。「這個女人真是太可怕了，為了一己私慾，殺人不見血。看來曹雲軒會有今天的結果，跟這個女人脫不了干係。」

江子俊牽起水瑤的手，慢悠悠地道：「所以說，曹家就是敗在後宅不寧，還是我們家祖宗有先見之明，只娶一個媳婦，這樣多好，沒有妒忌，沒有殺戮，這才像一個家的樣子。」

水瑤轉頭，俏皮一笑。「記住了，你只能娶一個，多了我也不同意。」

江子俊刮了下水瑤的鼻子。「我心裡也只裝得下一個女人，別人也沒位置了。」

過幾天，楚家就帶著重禮上門提親，而江子俊也順勢留在這裡陪水瑤。之前一直都是這個女孩子默默支持他，現在該輪到他守護她長大。

對於兒子的表現，楚正鴻樂見其成，他巴不得兒子趕緊把水瑤娶回家，不只是他，楚家幾人都全力支持江子俊留下來陪水瑤。

而對於婚姻，水瑤不是沒有恐懼，畢竟前世的經歷讓她刻骨銘心，雖然那個男人已經得到應有的懲罰，這一世她也沒有走錯路，可她怕自己選錯了人。

這段時間，她也在仔細體會什麼是真正的男女之情，而江子俊的細心和體貼，讓她感覺自己這次真的沒有選錯人。

其實這幾天，江子俊一直有另外的打算，在看到曹家老太太時，他便提了出來。

「你說你要帶水瑤他們幾個出去走走？」老太太驚訝地問。

江子俊滿是笑意地解釋道：「這幾天我們兩個一直很忙，幾乎沒有獨處的時間，況且伯母和雲崢他們也需要出去散散心，所以我想趁這個機會，帶他們出去長長見識也好。」

老太太笑道：「行，那你們出去多當心些。對了，水瑤啊，我想過了，可盈他們三個我打算親自帶在身邊教導。」

水瑤對這事樂見其成。「這樣挺好的，那就煩勞奶奶您多費心了。」

當水瑤和江子俊獨處時，她將心裡的疑惑問出。「你怎麼突然要帶我們去玩？」

江子俊嘆口氣，滿眼柔情。「這幾年咱們兩個活得太累了，我覺得我們的生活不應該只是掙錢和報仇，所以我想帶妳出去走走，正好也帶妳娘他們出去，畢竟他們幾個也活得不容易，趁這個機會出去輕鬆一下。」

洛千雪聽說可以跟閨女和未來女婿一起出去走走看看，欣喜不已。剛好這些日子曹雲鵬來得比較勤，讓她不知該如何是好，她需要好好的冷靜一下。

出來遊玩跟出門做生意是兩碼子事，眾人心境不同，看東西就跟以前不一樣了，處處都覺得是美景。

沒有了後宅的拘束，洛千雪心情頓時開朗許多，看女婿的眼神是越來越讚賞。

看著閨女和江子俊他們在草原上開心地笑鬧著，她不由得也跟著笑了，她希望時間能永遠停留在這一刻，孩子們都無憂無慮，都陪在她的身邊。

「娘，妳快過來，姊夫要帶我們騎馬去！」

雲崢和雲綺一路歡笑地跑來，拉著洛千雪的手。

江子俊也笑著牽起水瑤的手，臉上不由得帶著幸福的微笑。

兩年後，水瑤大婚，不僅各位王爺，就連皇上都給水瑤賜了嫁妝。

這兩年，曹雲鵬和洛千雪兩人雖然有互動，但曹雲鵬一直沒被洛千雪所接受，最後還是由老太太出馬。

在洛玉璋和洛千雪面前，老太太做了很多保證，曹雲鵬也一再發誓，這才讓兒子終於又娶回了媳婦。

即將遠嫁他方，水瑤看著父母、弟弟、妹妹以及親人來送行，眼淚不禁順著兩頰滑落。

這一世，她終於完成了自己的心願，保護了自己的親人，找到真正屬於自己的愛人。

江子俊站在船頭，擁著水瑤，朝遠處揮揮手。「別擔心，以後我們還會回來的，他們也是我的父母和親人。」

曹雲鵬和洛千雪相擁著靠在一起，看著船隻漸漸遠去，直到與海成了一條線。

此刻，每個人的心裡都是滿滿的祝福，祝願這一對新人能夠永遠幸福……

——全書完

2018年1月出版

偏愛俏郡守

文創風 594~595

不是說嫁不嫁隨她嗎，怎麼這麼快就打臉了？
那個自以為是的皇子，真是讓人恨得牙癢癢的……
好啊，就看看誰有本事吧，她非得讓他跪地求饒不可！

文思獨具　抒情寫手／卿心

一場精心策劃的謀殺，讓寧禾穿越成為安榮府的嫡孫女，
正當她打算接掌家裡的產業，好當個小富婆時，
皇上居然下了道聖旨，要她嫁給那個老是用鼻孔看人的皇子……
行，為了家族上上下下幾百條人命，她能忍辱負重出嫁，
但是可別以為這樣就能讓她低頭屈服、乖乖聽話！
一個小小的意外，讓寧禾掌握了天大的祕密，
也使她得以與顧琅予進行交易，只要幫助他達成心願，
她就能重獲自由，再也不用看旁人的臉色過日子！
誰知，一條不起眼的線索，竟在轉瞬間讓他們的命運緊緊相繫，
當分別的時刻到來，她真能瀟灑離去，不帶走一片雲彩嗎？

2017年11月出版

龍鳳無雙

文創風 583～585

常言道：「不是冤家不聚頭」，
此番招惹了那金尊玉貴的人，
她之後還有好日子過嘛……

故事千迴轉，情意扣心弦／池上早夏

納蘭崢心裡藏著一個秘密。
七年前她莫名被害，丟了性命，卻沒丟掉前世的回憶，
如今再世為魏國公府四小姐，她步步為營，不忘查探當年真凶。
她天資聰穎，胞弟卻資質平平，為替他謀個似錦前程，
她研習兵法，教授胞弟，豈知她在這頭忙，另一頭竟有個少年慫恿弟弟蹺課！
她納蘭崢可不是那種不吭聲的良家婦女，她與少年結下了梁子，
可說也奇怪，這少年一副睥睨姿態，竟說自己是當朝皇太孫——而他還真的是！
她自知惹上不該惹的人物，豈料這誤打誤撞，反倒讓她被天家惦記上了？!
湛明珩貴為皇太孫，什麼窈窕貴女沒見過，卻偏偏被一個女娃擺了一道！
閨閣小姐學的是溫良恭儉讓，她學的是巾幗不讓鬚眉，
一口伶牙俐齒，總能教他啞巴吃黃連。
想他平時說風是風，說雨是雨，如今卻拿捏不住一個女子，
說出去豈不被人笑話？他非要讓她瞧瞧厲害不可！
怎知他算盤打得叮噹響，還沒給她一個教訓，心就被她拐了去……

2017年11月出版

旺宅閒妻

文創風 576～579

風弄竹聲，只道金珮響；月移花影，疑是玉人來。
葉家有女初長成，葉如濛已居婚齡竟有三家求娶，
可惜姑娘自有所愛，早已情定那個「他」……

筆鋒犀利　精彩可期／落日圓

重生歸來，葉如濛竟大走桃花運！
自認才貌普普，卻有三位好男兒上門求親，來者還個個不凡──
當朝第一才子宋懷遠，和她青梅竹馬、情投意合；
將軍之子顏多多，行俠仗義不落人後，耿直性子與她最合拍。
至於位高權重、才能卓絕又俊美非凡的祝融，呵呵，只能說抱歉王爺請回！
誰教前世吃太多他的虧，心不設防死得快，姑娘已有覺悟，
府裡姊妹不可信，而那腹黑王爺祝融更得避而遠之、小心為上……
祝融實在不甘願，堂堂王爺被嫌惡得莫名其妙！
偏偏心心念念只牽掛她一人，多年前的救命之恩早已牽起兩人的姻緣線，
姑娘無情沒關係，他可不當負心漢，這護花使者他當定了！
明的不行來暗的，追妻心切爺拚了！姑娘不想見他的俊顏，他索性蒙面登場，
知她吃貨性子不改，他投其所好張羅美食送上，月夜傳情別具浪漫；
葉家有難他全擋，連她老實的爹都仕途順遂得不得了！
他暗中打點心甘情願，只盼能討得那粗神經天下無敵的美人歡心……

文創風
605

鎮家之寶 4 完

國家圖書館出版品預行編目資料

鎮家之寶 / 皓月著. --
初版. -- 臺北市 : 狗屋, 2018.01-
冊 ; 公分. --（文創風）
ISBN 978-986-328-826-8（第4冊 : 平裝）. --

857.7　　　　106021474

著作者　皓月
編輯　王冠之
校對　黃亭蓁　周貝桂
發行所　狗屋出版社有限公司
地址　台北市104中山區龍江路71巷15號1樓
電話　02-2776-5889～0
發行字號　局版台業字845號
法律顧問　蕭雄淋律師
總經銷　知遠文化事業有限公司
電話　02-2664-8800
初版　2018年2月
國際書碼　ISBN-13　978-986-328-826-8

本著作物由起點中文網（www.qidian.com）授權出版

定價250元
狗屋劃撥帳號：19001626
網址：love.doghouse.com.tw　E-mail：love@doghouse.com.tw